尘缘

葛海晔

陕西新华出版

太白文艺出版社·西安

图书在版编目（CIP）数据

尘缘 / 葛海晔著. -- 西安：太白文艺出版社，
2018.11（2024.1重印）
ISBN 978-7-5513-1537-1

Ⅰ．①尘⋯ Ⅱ．①葛⋯ Ⅲ．①诗集－中国－当代
Ⅳ．①I227

中国版本图书馆CIP数据核字(2018)第250002号

尘缘
CHENYUAN

作　　者　葛海晔
责任编辑　李明婕
封面设计　董文秀
出版发行　太白文艺出版社
经　　销　新华书店
印　　刷　三河市嵩川印刷有限公司
开　　本　787mm×1092mm　1/32
字　　数　228千字
印　　张　10.25
版　　次　2018年11月第1版
印　　次　2024年1月第2次印刷
书　　号　ISBN 978-7-5513-1537-1
定　　价　68.00元

联系电话：029-81206800
出版社地址：西安市曲江新区登高路1388号（邮编710061）
营销中心电话：029-87277748　029-87217872

诗歌是精神的渡口，灵魂的岸

——清风明月诗歌赏析

温秀丽

一直以来，我不敢轻易给诗人朋友写评。一是自己知识面窄，驾驭文字的能力有限，二是对于诗歌而言，自己只是一个写作者，而不是一个真正能深入浅出剖析诗歌实质的诗评家。我忘记是哪位诗评家说过这样一句话，"能诗方可谈诗，而不是会诗即可言诗"。因而，面对朋友诗歌的时候，我总是小心翼翼，如履薄冰。诗歌最大的特点是语言的提炼性，所以以诗不是靠耐心的语言罗列就可完成。诗不仅要求作者有使用文字的口头或笔头能力，更要有观察和捕捉生活的敏感，用提炼的语言及时诠释这种敏感，诗便喷涌而出了。那么"敏感"从哪里来呢？只能来自不断的且高密度的写诗实践。

诗来源于生活，却高于生活本身，是生活在诗人心中的再加工再提炼再创造。在《尘缘》书稿中，有大量的怀旧作品，托物言志、咏物及人。这些脍炙人口的诗歌读来让人有亲切之感，思乡、思亲之情跃然纸上。这些诗歌情感充沛，立意新颖，读来意句通畅，读过之后令人口舌生津、回味无穷。葛海晔的诗，言之有物，读之有景，情景交融，融艺术性与思想性于一体。

看到这首《青花瓷》，让人不由得想起周杰伦的歌曲《青花瓷》，委婉的曲调，温馨的语言，令人神往，不觉间穿越到了那个时代，细雨微风，宣纸淡墨，一袭长裙飘逸美丽。把思绪拉回到眼前的这首诗歌，一种细腻精致的美落入眼帘。"是夜，我穿过长长的街道／手里提着一盏灯／抬手敲了敲你家的拱形门"。一个"穿"字拉长了街道的空间，能够感觉到一份寂寥在其中。一个"敲"字，让小巷的空旷一览无余。这时候，站在一盏灯晕里的人，拖着长长的影子，望着灯光下的自然之物，是幸福的，此情此景是美好的，无法言说的一种美丽。"我把珍藏半生的春光／哗啦一声，抖落在你面前"，整首诗歌运用动词的几率很频繁，但却增添了许多意趣，在诗意的提炼上有的放矢。

葛海晔的诗歌，可以说是他内心世界的一种告白，埋藏在文字里的爱，总会在你不经意间呈现，给你惊喜。在这个浮躁的时代，诗人无时无刻都在构建心灵的花园。一些美好的事物，在风雨的雕琢下，早已影踪全无。但是，诗歌可以记录下来，只要你走进诗歌里，你会发现有些事、有些人早已在心灵花园里生根，只是当时以为走远而已。

葛海晔的诗字词很美，搭建的意境也唯美，几乎所有的意象都在为诗歌充当代言，在现实当中总能找到对应的事物，或美好，或清新，被诗人点缀在一起，发现真实的美好的东西永远存于心间。从诗人的字里行间，不难体会到诗人心灵的纯净。对于不受世俗喧嚣所左右，仍在默默写着诗歌的葛海晔，就像他的笔名一样属于清风朗月。

他的笔下没有恢弘广大的场景，而是把日常所见所感写进诗歌，让诗歌在某一个特定的环境下替作者完成传情达意的目的。他的许多诗歌，写得都是些卑微的事物，他是在为这些卑微之物树碑立传，他替卑微说出美丽，卑微的事物又替他完成一种使命。这样的相辅相成，让原本不是很出色的诗歌竟然充满了人情味，充满了"仙气儿"。在当下这个人情冷漠的世俗社会中，能坚持做到不受世俗染污，当是一颗多么纯洁的心灵，当是一位怎样至情至性之人？

通过诗人笔下的卑微之物，深切地感受到诗人对待平常人、平常事，以及最容易被人忽视的社会底层现象的疼惜和悲悯的情怀。诗人的人格和精神在作品的基调中透现出来，轻易就能打动读者的心。诗人笔下的"青花瓷""桃花""流星""蝴蝶""羊群"，以及"站在斜坡上，一朵朵的心跳"。这些意象的出现是那么自然，那么妥帖，物象虽然简单，但是通过诗人的描绘却体现出了丰富的内涵，从而让读者读后感觉到一种自在、轻松，一种美丽的心情由然而生。对于许多人来说，诗歌无足轻重，但是对于诗歌写作者来说，诗歌是生活的渡口，是精神的渡口，更是灵魂深处的岸。

反复品读他的诗歌，我这个已经木讷之人竟然被诗人笔下的卑微事物而诱惑而神往。诗歌是精神产物，最能代表诗人的内心境界。尽管作者会用隐喻的语言，精心设计的意象，来营造、开掘和构建自己的诗歌王国。但是读者如果能读懂诗眼，投入到文字中，一定会摆脱迷雾一样的意境，触摸到诗歌的特质，抵达诗歌的内核。他的诗歌给我沉闷的心绪添加了几许亮色，创造出精神上的自在。

可以这么说，葛海晔的诗，没有张扬与狂热的呐喊，只有内敛、自省和真实。这都源于诗人忠实体验和敏锐的观察力，因而这些在别人眼中无关紧要的事物，在作者笔下却表现得如此波澜壮阔。诗人用生活中最普通的细节入诗，通过字词间的构建，使其有了诗意化和哲理化。

生命是孤独的，生活是必须的。当越来越多的人融入到城市的喧嚣之中，与自然拉开无比巨大的距离，各自奔向自己认定的人生方向时，又有谁会关注身边的卑微之物？又有几人会想到把它们写进自己的诗行，让它们在某一刻定格下来，成为一部分人永远的念想，永远的风景？

我自己最近的创作一直在规避美好，这也许与我从事的职业有关，每天看到的听到的写下的都是一些让人悲伤让人不忍拿出真实来面对受众的期待和希望。而葛海晔的诗歌大都优美，在他的心中，万物是优美的，人性是优美的，这是他心灵的自然选择。他把生活的压力用诗歌的优美化解于无形。一直非常喜欢这样一句话，"年少时，我们因谁因爱或是只因寂寞而同场起舞；沧桑后，我们何因何故寂寞如初却宁愿形同陌路。"每一条要走下去的路，都有它不得不那样选择的方向。因而，我觉得葛海晔选择的路是他一生之所愿，他的爱因诗歌而恒久，他的情因诗歌而永存，因此没有不得不的因素存在。在他心里，诗歌就是精神的渡口，灵魂的岸，他没有任何理由放弃，没有任何理由不把诗歌放在心灵深处。

温秀丽，笔名温暖。中国散文诗研究会会员，山西省作协会员，朔州市朔城区作协副主席，鲁迅文学院山西首届高研班学员。从事编辑工作，曾多次获奖。作品多见于《诗刊》《星星》《绿风》《诗潮》《诗选刊》《诗歌月刊》《草原》等。著有诗集《只如初见》《提灯的人》。一个期望温暖长久住世的人。

CONTENTS 目录

风吹人间

小镇……………………003

乡愁是一只飞舞的蝴蝶……004

风吹尘世……………………005

静安寺………………………006

拾梦…………………………007

山路…………………………008

尘缘劫………………………009

那一天，那一眼…………010

让时光慢下来……………011

那些不易察觉的事物……012

山野的风…………………013

生与死……………………014

会说话的文字……………015

出土文物…………………016

风居住的街道……………018

告别………………………020

风停下的时候……………021

春暖花开

春烟深处…………………025

山桃花……………………026

山坡落满杏花雨…………027

春桃………………………028

玉兰………………………029

柳絮………………………030

邂逅………………………031

暖春………………………032

春天有约…………………033

四月，万物都在发声……035

小径 ·········· 036
喜悦 ·········· 037
苹果花 ·········· 038
春分 ·········· 039
花儿静静地开 ·········· 040
春天的行走 ·········· 041

春雨 ·········· 042
寻找春天 ·········· 043
春风里 ·········· 044
又见桃花 ·········· 046
回首春天 ·········· 048
春天的记忆 ·········· 049

夏荷雨韵

夏天是一场盛大的修行 ······ 053
荷花朵朵是我对你的眺望 ··· 054
豹子在你的丛林里狂奔 ······ 055
尘缘 ·········· 056
七夕夜话 ·········· 057
山中日月 ·········· 058
写给春天的一封信 ·········· 059
我是你池塘内那些荷花的
种子 ·········· 061

逝去的春天 ·········· 062
临江而歌，魂兮归来 ········ 063
端午节 ·········· 064
邂逅 ·········· 065
云雾 ·········· 066
七月七日 ·········· 067
忧郁 ·········· 068
真相 ·········· 069
白鸟之死 ·········· 070

秋山秋水

山村黄昏 ·········· 073
观音圣像前 ·········· 074
秋天，一场雨中的别离 ····· 075
因为爱，我要守住春天 ····· 076
身体春秋 ·········· 077

高原上的柿子 ·········· 078
三棵树 ·········· 079
七星北斗 ·········· 080
龙头柏 ·········· 081
秋风 ·········· 082

春天像镜子般破碎⋯⋯⋯083　　秋雨⋯⋯⋯⋯⋯⋯⋯⋯087

际遇⋯⋯⋯⋯⋯⋯⋯⋯084　　落发⋯⋯⋯⋯⋯⋯⋯⋯088

人比黄花瘦⋯⋯⋯⋯⋯085

风花雪月

玉⋯⋯⋯⋯⋯⋯⋯⋯⋯091　　镜子⋯⋯⋯⋯⋯⋯⋯⋯106

雪花飘飞的日子⋯⋯⋯093　　雪花情未了⋯⋯⋯⋯108

冬天比春天温暖⋯⋯⋯095　　冬天的守望⋯⋯⋯⋯109

动与静⋯⋯⋯⋯⋯⋯⋯096　　初雪⋯⋯⋯⋯⋯⋯⋯⋯110

横空飞来的一掌⋯⋯⋯097　　套麻雀⋯⋯⋯⋯⋯⋯⋯111

冬天不冷⋯⋯⋯⋯⋯⋯098　　等待如一棵树⋯⋯⋯113

两场雪⋯⋯⋯⋯⋯⋯⋯099　　流放⋯⋯⋯⋯⋯⋯⋯⋯114

窄道⋯⋯⋯⋯⋯⋯⋯⋯101　　空椅子⋯⋯⋯⋯⋯⋯⋯115

二月雪⋯⋯⋯⋯⋯⋯⋯102　　大雪⋯⋯⋯⋯⋯⋯⋯⋯116

冰封岁月⋯⋯⋯⋯⋯⋯103　　小雪⋯⋯⋯⋯⋯⋯⋯⋯117

等待⋯⋯⋯⋯⋯⋯⋯⋯104　　飘雪的日子想起槐花⋯⋯118

春天的一场雪⋯⋯⋯⋯105

红尘有爱

羊群她听我的声音⋯⋯⋯123　　寸步不离的爱，走过人间⋯127

青花瓷⋯⋯⋯⋯⋯⋯⋯124　　美人鱼躺在小船上⋯⋯128

你的身影，从未走出我的　　随你在一首诗中居住⋯⋯129

国土⋯⋯⋯⋯⋯⋯⋯⋯125　　风吹在幸福的指尖上⋯⋯130

美好的一天⋯⋯⋯⋯⋯126　　小女人⋯⋯⋯⋯⋯⋯⋯131

四姑娘山下的妹妹·········133

恣意·················135

星星羞涩地闭上眼睛·······136

时光无声············137

雾霾散尽之后与你相逢······138

心事·················139

一幅画···············140

等你，如同等我的初恋······141

两棵树···············142

女人与香烟··········143

在人群中你多看了我一眼···145

就这样望着你·········146

花的情诗············147

我不在你身边的时候···149

酥油灯············150

学会把你忘记·········151

落差·················152

落寞·················153

望月惆怅

织女星···············157

山月·················158

在月圆的夜晚··········159

清冷的月光···········161

月光曲···············162

灵魂，戴着锁链舞蹈·······163

如果有来生，让我做你的

爱人··············164

空洞·················165

流星般陨落···········166

风把云带走···········167

蓝屏深处············168

你的字············169

错爱·············170

让我干净地活着········171

再见，再也不见········172

忧郁症患者··········173

背离·············174

走在月光下··········175

月光下的小城·········176

月亮被乌云遮蔽·········177

红月亮············179

大概只有这样了········180

且行且歌

在森林公园南门广场……183

在黄姑塘村……184

槐荫树……185

玉龙雪山……187

问道昆仑山……188

卢沟桥……190

在天鹅湖……192

洞口……193

花山迷窟……194

突发事件……195

草地……197

麦积山……198

陈忠实笔下的村庄……199

车过秦岭……201

你的爱情，是箫孔中飞出的
一群白鸟……203

在老福州等一个人……204

穿越油菜花海……205

祭轩辕……207

登桥山……208

根……209

钓鱼岛……210

长城……211

滇池……212

鸣沙山……214

飞龙岭……216

尘世是看不见的衣裳……217

时光无声

碎片……221

风吹桃花……222

一场雨下在梦里……223

书签……224

站成一棵树……225

故居……226

玩沙的孩子……227

无言的结局……228

一朵没有送出去的玫瑰……229

事件……231

无声的世界……233

眼疾……234

情殇·······236　　命运·······239
岸·······238　　一朵云飘过天空·······240

风雨人生

人的断想·······245　　梦中的两只喜鹊·······261
陕北的三月·······247　　年关·······262
村晓·······248　　小茶馆·······263
喜鹊·······249　　阴影·······264
临界点·······250　　无题·······265
喜日子·······251　　听雨的声音·······266
傻人王玉宝·······252　　覆水难收·······269
旷野的舞者·······253　　花逝·······270
流落街头的喜鹊·······254　　一灯之光·······271
魂兮归来·······257　　街树·······273
垫石·······259　　回归·······276
砖瓦窑·······260　　把人间重新走一遍·······278

亲人之书

品味幸福·······281　　父亲的肩膀·······291
中秋节的夜晚·······282　　扁担·······292
对立与统一·······285　　西山沟的泉水·······293
回家·······286　　地畔上的杜梨·······294
夜晚我路过一座城·······287　　麦子黄了·······295
鱼尾纹·······289　　钩槐花·······296

腊月十八记事……………297

叫魂……………298

兄长……………299

山路弯弯……………300

父亲在人间的最后日子……303

睡在同一个炕上……………304

相守……………306

相遇……………307

夜灯……………308

命运的悲与喜……………309

佛号……………311

风吹人间

我在静安寺外

养马、劈柴，等一个人

一等就是千年

小 镇

小镇坐在雨滴中
道路展开风和旗帜

阳光进进出出
故事明明灭灭

一代人如帷幕落下
下一代人
如春草般生长

音乐是一种存在形式
道路始终是故事的知情者

春天从山坡上走来
在一片桃林深处
必有人重写爱情

乡愁是一只飞舞的蝴蝶

两只大雁结伴而行
龙驭阁高贵而神圣

鸟儿在树上筑巢
人间是它们温暖的行程

我要借水而生
在你的血液里远行

哦！我的挚爱
请赐我一只舌头
让我在你的花瓣上重生

风吹尘世

星星像风铃，如果风
再大一些，就会发出声响
如果风再大一些
一些星子就会坠落而下
在大地上开出花朵
或者在春草间长出一个人

风吹尘世，尘世已经破旧
而人间升起的炊烟
每天都是新的

静安寺

静安寺很静
静得像一位处子
被晨曦照亮

静安寺很空
空得像一座城池
被风吹远

人在江湖行走
心头总有一缕炊烟
被钟声打开

我在静安寺外
养马、劈柴，等一个人
一等就是千年

拾 梦

多梦的季节
爱情陶醉了生命

我用六年的光阴
耕耘那块古老的土地

在我温柔的田园里
每个毛孔都鼓胀着欢乐的希冀

当我以山的形象向你宣告
你却已离去，杳无消息

雨季，漫长
树叶纷纷落下

黄昏里，山坡上
独自膨胀着我的情绪

山 路

路在脚下延伸
光阴，如一条蛇
爬进记忆深处

夕阳是个孤独的老人
沿一脉山系，踱着方步
急于赶路的人
同样被道路所驱赶
让我不能确定的是，转过前面
那个山垭
会不会有一朵玫瑰
在风中传播大山的香郁
路两旁栽植浓郁的松树
它们围成的天然屏障
记载了我的昨日和今日
而明日，明日我依然要
背负行囊，走向这条不归路

如果，如果在雪落之前
终于能够与你相遇

尘缘劫

格桑花盛开的日子
我投身一座寺院的坡底
高出尘埃的花朵
开在半山腰

几个好看的女子
她们的快乐
被一群追风的蝴蝶所照耀
笑声从山径上飘过来
如灿烂的光环
在我头顶一圈圈散开

有人说，这里的格桑花像牵牛
牵出俗世的炊烟
而佛说，你要把眼前的浮云
看轻看淡，要知道
人世间的每一次花开
都是一场劫难

那一天，那一眼

在四月的山路上
一朵渴念已久的花朵
在你到来之前
怀抱春天的身世
与自己的影子对话

多么荣幸的一朵啊
当你走近
顷刻之间的爱
被你动用的唇语与色彩
诱导出轻微的雷鸣
细细的闪电

这一幕刚好被
过路的阳光撞见
于是她将我化作一缕风
在春日的山坡
向你撩了撩深邃的眼神

让时光慢下来

春天的音乐驶来
嗒嗒的马蹄声
与旗手一起飞奔

手握吉他弹唱的人
心里装着草原
将一曲心声抹在
云淡风轻的天上

在天堂之下
哈达绵长
湖水清澈

一切都在慢下来
和清风一道慢下来的
还有莲花姑娘
手中放牧的时光

那些不易察觉的事物

风吹虚空
风吹摇摆的事物
那些被阳光擦亮的翅膀
呼啦啦地
惊起一湖春色

这些明亮的孩子
在光阴的怀里
洗了一回澡
惊叫声掠过树梢，也掠过我

太阳下山的时候
我站在秋风里
顷刻之间头发变白
和芦苇一样苍茫

山野的风

我想说，一条路跟鞭子没有区别
一条鞭子甩出去的时光
匍匐着、蜿蜒着
从脚下一直伸展出去
把过去和现在割裂开来

这里不是大漠，大漠的孤烟
同往事一起被风吹散
这里的山坡平缓，村庄灰暗
正好安置流亡的思绪

九月的黄昏多么惆怅
九月的河流多么忧郁
从高空回来的鸟群
与河床上牧归的牛羊
发出不协调的回声

晚风从山坳里窜出来
掀动了秋天内部的事物
我独自一人在山梁上黯淡，沧桑
像一棵无人认领的枯树

生与死

活着的人，是死者的倒影
根须在地下纠缠，裸露的部分
演绎，再现一个浮生梦

于风尘中出没，替死者代言
拖着自己的影子，散布人间烟火
生和死，只有一口气的距离

因为一口气，活着的人，在大地上行走
死了的人，在黄土下做梦

会说话的文字

我确信，文字是会说话的
她有她的姿态，有她的腰身
个体之间相对独立，而又
互相传情达意
就像我的同学、熟人和兄弟姊妹
她们有自己的疆域
各自为政，占山为王
两个人抱在一起组合一个家庭
一群人团结起来构成一个社会
多数情况陌路相逢，相互依靠
这些小小的黑人集结为军队
足以跨越国界，摧毁人心
她们生活在同一片天空
有相聚，也有分离
然而，一些美丽的词语
不可复制，一旦相逢，便会相扶相依
即使一时走散，也不会分崩离析
仅仅凭借一个眼神的示意
便可找到相认的理由
比如，我们谈论多年的爱情
比如，我们失散已久的亲人

出土文物

你用白净细腻的手
抹去脉络中的草籽与泥沙
在众目睽睽之下
我心中有十二分的愧色
难以向世人启齿

荒草长这么高了，斜阳
也染上黄土的颜色
哗啦啦的流水带走光阴
也带走两岸的鸟鸣
剑戟寂寞地呆立在坑道一边
马匹放牧在南山
在众多的出土文物中
我是一个战败归来的将军

你一片一片清扫，一寸一寸打理
我眼睛里的过往风云
时而眯眼沉思，时而眼含泪光
神情凝重而专注

请不要把热气呼在我脸上吧
请不要用异样的目光审视我的行踪
请不要用闪光灯聚焦
隐藏在我心头多年的暗疾
一切都在路上吧
就让我背负酒葫芦在自己的江湖中行走

如果，如果你愿意，就请把我
拍成电影，或者古装剧
让苦涩与风雨在历史的天空之外演绎
那是我的前世，或将是你的来生

风居住的街道

屋脊，以凹凸的形态，切割天空
街道，以仰卧的姿势，承载风雨和人流
作为风的形态，我在街道上居住、行走
一个又一个故事，在我的心中发生

许多的时候，安静得像个少女
有时候也会贴着墙壁，想我十八岁的心事
八十岁的老奶奶膝头坐着孙儿
常常在屋檐下聆听家乡的风雨

天连着天，水连着水，一条长长的分水岭
构成故事的悲哀与甜蜜
作为春天的一道风景线，你站在岁月的长堤
使我身不由己向你耳语，诉说最初的阳光与明媚

追随你的脚步，我来到这个城市居住
熙熙攘攘的人群退出街道，你是这个城市的主宰
在我的镜头里，记录了你的前世和今生
你撑着油纸伞，从青石板上走过
我对你的相思细细密密，点点滴滴

有时候，嘈杂会使我悬空
在人群里找不到你的踪迹
我只好站在楼顶，或者与群鸟一起
在一朵云里，打探你从海边归来的消息

如果有一天你忽然坍塌
我依然会呜咽着，试图扶起你的美丽
就像今夜一样，体恤着你的呼吸
我对你的爱——带泪，而不可碰触

告　别

一棵一棵的树

矗立着

检阅过往的云团

飞鸟鸣叫着

撒下大把大把的光阴

冬天被一把火烧灼

裸露的原野

诉说春天无尽的哀思

水是倾斜的思念

从冰山上下来

唱一首忧怨的歌谣

在道路的另一头

你曾经挥手离开的地方

风，呼啸着

胸腔里塞满冤情

风停下的时候

命里的风，一直在吹
仿佛一个赶脚的人
穿过漫漫长夜

月光不在的时辰
风从河岸苏醒
绕过村庄，吹落星辰
摘走枝藤上的叹息

风总有疲惫的时候
甩掉包裹，驻足北方小镇
他的莅临
比一场雪来得轻松

春暖花开

在那一个向阳的山坡
年年花开
年年都会有相爱的人
在那里相聚，抑或分离

春烟深处

对面的桃花开了
开成山坡的雪
让人一开门就能够看到
春天的色彩

如果你是造访者
就请你停下来，停下来
在大路上招一招手

这里有我的田园沃野
春风千里作聘礼
更有青山碧水，可否能够
拴住你的芳心一缕

似这般牛铃叮当
阳光细碎，万千粉蝶飞舞
爱人啊，可否愿意
与我晨起而作，日落而息

在这春烟缭绕的红尘深处

山桃花

日子还很瘦的时候
山桃花在布谷鸟的啼鸣中
掏出内心的火

之后，耕牛行走
溪水吐绿
躁动的风甩掉灰色外衣
与昨日的故知
在门前小桥上相遇

燕子低回，油菜花黄
春天的香，按捺不住造访者驿动的心

故事行进在烟村柳巷
眼前和风送爽
是谁，站在三月的田埂
怯怯地，演绎一段人间风情

山坡落满杏花雨

从冬天最后一场雪的纷争中抽身
大山的铠甲纷纷脱落
一场孕育的热望，把炊烟里
突围的人，拦截在山路上

于是，挺着大肚子的月亮
准备分娩，先是一声，两声
而后满山遍野
到处都是婴儿啼哭之声
这撕心的疼痛伴随细微的呻吟
明月般的脸庞，绽开微笑

谁也不能阻止季节的心意
一夜之间，山坡落满杏花雨
柳枝在清风里摇曳
河堤上站满望春的人

春 桃

在一张宣纸上
画山水，画你的形体
我要把小小的蓓蕾
画成你眉心的一颗美人痣

我要把路空出来
让风自由地出入
让流落异乡的人，永远记住
这一条回家的路

我还要画出飞燕
画出隔世离空的思念

最后，我要画出道场
作为一种仪式
在春天的山路上，我要画一世倾情
画人世间的久别重逢

玉 兰

小区里的玉兰花开了
先是一朵、两朵
而后次第开放，像是空空的碗
满满地盛着酒杯里的思念

许多年了，这些春天的使者
在我的伤口中幽居
她们在路边自顾自地开
自顾自地落
全然不顾行人匆匆的步履

许多年了
蝴蝶成群结队地飞来
成双成对地离开
而我所等待的人，一直没有回来

柳　絮

他在十里长堤行走
风解开四月怀春的衣襟
将局部的爱，局部的温暖
像花儿一样散开

十里长堤如梦
她是有着梦一样的颜色
梦一样的身姿，梦一样的芬芳

让我们俯首感谢河水的牵引
让彼此相爱的人在这里相逢
携手奔赴一场春天的约定

而后还需上苍恩赐一场飞雪
押解人间这小小的幸福

邂 逅

成都平原上的油菜花，一望无际
浩瀚的香，如海洋般
汹涌着波浪，我们穿越千重山，万重水
才会有今天，一生一次的相遇

爱啊，我的所爱
让我们挽住一年一度的人间盛会
携手走向金色原野
在奔驰的岁月
不畏缩，不停步

在人间，因为相遇
我们的幸福比海洋辽阔
因为芬芳
我们的好日子才刚刚开始

暖　春

一棵一棵的树
行进着
枝头鸟鸣跌入耳鼓
叽叽喳喳地啄破
春天的一粒粒词语

口哨与惠风缠绵
眼睛与眼睛对白
白云吞吐着大海的讯息
吞吐三月的无限爱意

道路驱赶着快乐
在绿色的原野上
季节的马车搭载一对恋人
出现，又消失

春天有约

山沉默了那么久
那么久的心思重叠
只为等候
布谷鸟儿在枝头轻轻地诉说
蓝天下的花事

河流是预定好的
从冰冷到热烈
马蹄踏雪
只一场风便足以催醒
春天的笙笛

河两岸开满春天的暖
你在风中妩媚
柳丝飘动
犹如梳理过的
你的凌风而歌的长发

蝴蝶是一枚春天的书写者
她舞动着手笔
把眼前的香热烈地渲染
在群鸭划线的镜子里
一只击打水声的船
轻轻驶出

四月，万物都在发声

三月一过，鸟儿在枝头歌颂春风
河流不再隐喻，打着手语
一路向东，表达春天欢快的心情

桃花站在山坡，最先听到开门声
一想到白马王子要来，心头微微激动
脸颊不由得泛起潮红

杏花，梨花，玉兰花次第开放
草花也有好心情，在路旁，在田埂
我甚至听到樱花的战栗与呻吟

四月，万物都在发声，走在春天的花廊中
似乎听到隐约的青春凋谢的声音
于是我逃回家中，紧紧关闭春天的门

小 径

小径通往大山深处
水流穿越樟木丛林
我从一幅画中看你
看你走入翅膀打开的中心

光阴是一面镜子
阳光折射草色心情
我凭借一道风的指令
一步跨入春天漫过的田埂

田埂摇晃绿色波纹
春风里我与你并肩而行
路边花朵发出禁令
我只好跟在身后步你的后尘

你有你的空间背景
我有我的行走半径
当太阳金杵冲不破厚重云层
我只有在风中读你
远去的背影

喜 悦

静静地读你
读一首诗
在一个春日的午后

这是一个美丽的时刻
云朵捎来大海的信息
白鸟滑向一片清浅的水域
搭载幸福的列车
在大地的棋盘上穿行

春色多么明媚
一桌一椅
缱绻于一杯水的气息
读你， 静静地读你

我在阳光的走廊里
读一朵百合绽开的蓓蕾

苹果花

我还没有准备好
你就开了，开在清风里
开得让人措手不及

许多人踩着
初夏的节律，去看你
离开时还带走
你的口红和笑容

而我，只能洒几滴泪
在红尘的路口
用以祭奠，那一次
偶然的目光相投

春 分

春天的花红柳绿
在手机里刷屏
骨头里的疼含着一场风雪

北方的山城，阳光有点迟钝
春风吹了几遍，还是
没能撤销天空的几朵浮云
人们在街道上的流速
稍微比河水快了一些

身旁的柳树灰着，如同
向阳的山坡
冬天的铠甲摩擦春的骨头
让人长久走不出
对一场雪的回顾

可是，在小区一角
一棵山桃花灿然开放
像一场危机
就要把春天的暗疾激活

花儿静静地开

灿烂的天空
灿烂的歌声
还有你
灿烂的笑容

亮一嗓子
牧羊人的鞭子
甩动黄河渡口的
九曲十八弯

在我们曾经
盘踞过的地方
花儿
静静地开了

春天的行走

春天刚刚打开门
就让我和你遇见

我相信这是上苍的恩赐
这行走、这无名
这一场绵绵不绝的爱恋

路边桃花开得正艳
我们一直穿过地平线

那一年，我们共用一把伞
你说了许多悄悄话
除了我，谁也不曾听见

春　雨

重生于石破天惊的闪光
欣欣然从懵懂中觉醒
人间千里万里
只听从春风的脚步

这鼓声、这雷鸣
这大地上奔驰的车轮
这屋檐下溅起的思念之花
如星星般在春雨中绽放

寻找春天

你一个人在南山公园
亦步亦趋，寻找春的足迹
蒲公英努起小嘴
像落地伞兵，散漫在草丛中
一群毛茸茸的小鸭子
追随你，包围你
这些春天里鸣叫的小清新
被风一推，扑通扑通
跳下水，徒留逼仄的身影在岸上

一个人孤独久了，就会被发觉
俏皮的小南风从远山赶来
掀起你的轻罗裙裾
掀起一对新人对春天的期冀
目之所及，桃枝打起花蕾
这些小小的修行者
像一个个红红的火柴头
等待手持火把的人
路过时，将一场春风
悉数点燃

春风里

远处虚空
近处虚无
唯有你的身影真实
静静地
在我心底摇曳

三朵花，三枝玫瑰
像亲亲的三个姐妹
从虚无中走来
一直走向光阴深处

在春天的山路上
三朵盛开的玫瑰
谦和、温良
她们的美，在尘埃的低处
正好被春光照亮

其中的一朵
笑得那么灿烂
我端详了许久

她的亲和力

正好和刻在我

三生石上的名字一致

又见桃花

无意与你相逢
在有来无回的山路
风略感凄清和荒芜

不同于江南
人心的四季，接近于
花开，接近于鸟鸣

这里是北国
惊蛰一过，蚊蝇碰一碰视线
却又隐于无形

往返于乡间小路
与你邂逅多次
每一次，我都要裹紧衣袖

春分时节，你依然站在路口、田埂
远山颔首，恰似你
当年低眉垂首的娇羞

我就要逃了
我怕你体内那一点磷火
就要点燃眼前这一片蓝天

因为我知道
在你的怀里，我会如你般燃烧
剩下的时间

当如你般凋零，随波逐流

回首春天

你说，你曾走在春天的路上
与红尘相遇，那一年你刚好十八岁
怀揣梦想，情窦初开

那时分，布谷鸟叫过三遍
阳光飞溅，时光正好落在桃枝上
在那山峦翘起的一角
埋伏着青春的约定，前路
丛生未知与茫然

谈论过生，谈论过死
在春天的路上，你们走走停停
时而欢愉，时而沉默
身影一直越过地平线

多好的一个日子啊
当水还原为水，云回归为云
你对我不动声色地讲述
关乎春天的情节，而对于你
洒落在尘埃里的泪水
和脚印，始终，不着一词

春天的记忆

在一个年轻的春日山坡
我们相约着各奔东西

只是一个转身，你便走入
最深最深的红尘深处
而我，如一片落叶
沦落到极遥远极遥远的天涯孤岛

我们面前横着
千里万里浮云
无边无际的虚无星空

从此思念生根
直把红尘想老
把世事望空

只是，在那一个向阳的山坡
依然，年年花开
年年都会有相爱的人
在那里相聚，抑或分离

夏荷雨韵

我的难题是
如何推开一扇门
在光影叠加的红尘路上
重复地，重复地与你相逢

夏天是一场盛大的修行

在天空巨大的榕荫里
说到春天，说到佳人
说到百折不挠的回归

夏天是一场盛大的修行
让光再强一点，思念再深一点
好了，如果修为再高一点
我就可以把青春的年华
看得更真切一点

我可以走得再深入一点
离春天的炊烟再近一点
那么，好了
我们可以在水边坐下来
共同见证一对鸳鸯
在池塘中留下的种种情话

可是，我的难题是
如何推开一扇门
在光影叠加的红尘路上
重复地，重复地与你相逢

荷花朵朵是我对你的眺望

回忆像我的影子跟随
故乡的清风明月
隐隐灼痛我的爱恋
一只蜻蜓在时光里穿梭
把那年的旧月光
轻轻披在你的身上
和你一起，翩跹起舞

你对我说了许多情话
说一句，就开一朵
再说一句，就再开一朵
说到最后
池塘里荷花荡漾
朵朵都是我对你的眺望

豹子在你的丛林里狂奔

我背负一座大山来见你
眼里藏着花香与鸟语
脉管里流动着
生生不息的河流

你看我柔软成一湖春水
可以尽情在我的身体里畅游
你挥挥手去召唤
山坡上蹦跳的梅花鹿

然而，我心里也
豢养了一只强健的花豹子
在你的丛林里狂奔
未经许可，别让它跑出来

尘 缘

多么渴望，能够与你再相逢
在那片静静的小树林

岁月是把锋利无比的雕刀
催人消瘦，催人老
却从不能阻止一轮满月
一如既往地照进、昨日的林中

而沧桑的二十年后
小树茂入苍穹
温柔贤淑的你啊
是否依然坐在树墩上等候
在那样一个
云淡风轻的夏日黄昏

七夕夜话

那些鸟儿，那些善良的鸟儿
那些飞离人间的鸟儿
一年一度，如期而至，在天庭
见证一对有情人久别重逢

那棵树，那棵把枝丫伸向天空的树
千年不倒，星光从枝叶间
泄露下来，斑斑驳驳的往事
像天堂走漏的风声
在大地上穿梭、招摇

等待中，山河老了，牛郎老了
传说中那一份纯真与美好
香火一样繁衍、茂盛

正好契合人世间残缺的，那一部分

山中日月

大山的臂膀越拥越紧
到最后只剩下
几尾鱼，在碧潭中回环

同时，还有几许落寞
几许惆怅，在深深的
寂静的谷底

想你时，你在山路迎风招展
回眸一笑，摄我魂魄

而当我正欲拥你入怀
你如一阵风，追随白云
翻越了山峦

只留下几只山鸟
在黄昏的崖壁
弹奏岁月的空洞与回声

写给春天的一封信

花开过盛的日子
总是让人伤感
回首往事，我不止存有
对你的记忆
还有一份热情和期待
隐忍在最深最柔软的红尘深处

走在最深最深的红尘里
阳光明媚，春风得意
桃花的小酒窝
再加上梨花的醇香艳
一个不小心
你便和人间的美撞个满怀

可是，转过山脚
越过小溪，一阵又一阵的
槐花香，把我引向
夏天这片高地
在你转身离开的那一刹那
刹那间的不舍与疼痛
我得咬紧牙关，不要说出来

可是，亲爱的
如果，如果你愿意
我要把遗失在山路上的
那个人找回来
我要重新对着眼前的
青山绿水说：我　爱　你

我是你池塘内那些荷花的种子

夏天，浓荫里的蝉语
复述人间的唱词
半部村落的编年史
在心波微漾的池塘间娉婷、俏立

六月的风，具有佛性的热度
他洞悉天上的云，红尘的雾
轮回中与晨光照见
并且在照见时，舞动水中的裙裾

悉悉，窣窣，十里长亭明媚
爱情，在这一季趋于成熟
每一次目光相遇，皆是思凡的经历

夏天，我是你池塘内那些荷花的种子
眼含弱水三千，驱不散人间烟云
更有那前尘俗念不被了却
只等有缘人前来，检阅、超度

逝去的春天

滴滴答答的雨
下得没心没肺
丝丝缕缕
恩泽寸草寸心

瓦楞上的雨水
滋润着苔藓
街道流逝的雨花
追逐逝水年华
随一把把折伞，指认
初夏光鲜的门

逝去的春天
万物都在发声
还有一些事物
不声不响
跟在春雨身后

临江而歌，魂兮归来

又逢端午，溯本求源
离开闹市繁华，逆流而上
静默在红尘之外

人间热闹，江边寂寞
温暖与粽香缥缈
思绪，如浪花翻飞

此刻，我该拘土为香
敬天，敬地，敬你的衣袂飘飞
更敬你千古不变的楚国风骨

路漫漫其修远兮
吾将上下而求索
沧浪之水清兮，乘骐骥以驰骋

两千年往事如烟
你空怀一腔亡国恨
不屈的身影，至今仍在江边徘徊

端午节

走吧，避开端午节
远离人间烟火

苏堤，白塔
我们曾在断桥上相遇

烟雨弥漫的西子湖畔
春天与我们如影随形

而今，我们相拥而坐
诉不尽的悄悄话

点燃天上一盏又一盏明灯

邂 逅

举起手中的镜头
当你一回眸

刹那的美丽
刹那的疼痛

孤独的身影
走在千人万人之中

走在千人万人之中
当你一回眸

云　雾

许多的时候
扬起风中的帆
将目光推向遥远
一身素白
在一片蔚蓝中俏丽

人已远离
思念仍然紧贴着大地
温柔一片一片蹲下身去
触摸曾经走过的痕迹

你总是，扯不断
昨日的记忆
伤感在一振翅之间
便失去了回归的轨迹

当你离开的时候
天空划了一道口子
在你的泪水里
我的眼睛，长出了青苔

七月七日

传统的日子
天空下起了雨

牛郎和织女重逢
激动得泪流满面

我独自一人
坐在山巅

心事无桥
相思，泪洒天涯

忧　郁

一个念头悬挂在窗前
三百六十五天
外面
行人如蚁

对面有楼房修建
建筑工们用雨水和阳光建造骨架
制造监狱于某日某天

相望
我的墙壁太厚
眼睛触及不到的地方
就是你的家

真 相

谁在操控命运之门
冥冥之中有一只手在虚空中挥舞
人类不能改变河流的走向
就像我不能改变时光的聚散一样
我的悲哀在于
眼看一朵花开，忽地收拢了她绚烂的心
徒留一个苍凉的身影
和一双叩问苍天的眼睛

白鸟之死

一个造访者
在夏天落幕之前
开口对我说话

从五百年前
说到五百年后
门前湖水平静，群山安详

说到深秋
她抖落一身羽毛
把落日披在身上
转身带走
窗前一轮月亮

我想挽留
刚一张嘴，梦便失语
生活似羽毛
被风雪埋葬

秋山秋水

在秋天，我要守住身体里

最后一片绿叶

就像守住山顶上的云朵

因为爱，绝不允许她落下来

山村黄昏

树叶在高处一鼓掌
秋天就深了
从唐诗中走出的几只鹅
一步三摇
走在家乡的小路上
村子里的炊烟
螺旋状上升，袅袅缚住
远的山，近的水
一群暮归的牛羊踩着小令
向村庄移动
我在山坡刚一打开画夹
便被天上的流云
一同收进初秋的黄昏

观音圣像前

琼枝在高处滴落圣水
我已匍匐在你脚下
似一粒尘埃
却不能被风捡起带走

红尘千里万里
只有我一个人的影子
在秋风里蜿蜒、跋涉
钟声还未觉醒
而泪水
早已迷蒙了未知归程

菩萨啊，能否赐我春风万里
让我执子之手
像两朵闲云，飘出大山
飘向我想要的
天外人间

秋天，一场雨中的别离

在人群纷乱的秩序中转身
挥手，告别一场秋雨的洗礼

雨打芭蕉，雨打街头的落叶
一纸折伞隐匿秋天的行踪

这是 1988 年 10 月的站台
目送你，雨雾打湿的背影

长街十里，汽笛声声
在你转身挥手的那一刻

我的嘴角挂着微笑
心头的泪，我要坚持着
始终不要让它流出来

因为爱，我要守住春天

我从河水中褪掉鳞片
以风的形态行走江湖
温暖的十指梳子一样划过草丛
把初春的阳光别在花径上

燕子一叫，好时光就来了
未及细品，人间的花事纷纷落败
就像溃逃的鹿群
踩醒草丛蟋蟀一季的哀鸣

银杏树映照的清秋
无法释怀的河流，缓缓从身边流逝
你我携手走过的青春
生生被人字形大雁喊疼

在秋天，我要守住身体里
最后一片绿叶
就像守住山顶上的云朵
因为爱，绝不允许她落下来

身体春秋

抚摸身体，仿佛抚摸一段历史
风沙沁泽过的峡谷，有着
落叶的无奈，和流水无声的叹息

往事深不见底，虚无中的波澜
异军突起，以及惶惶不可终日的饥饿
潮涨潮落，空付青春与年少
没有一件器物可与之相匹配

一个人行走，一个人落寞
谎言如雪，爱如寒风
我曾踏着前人的足迹
找到一块被唤作命运的耻骨

高原上的柿子

那微笑，是多么晶莹
在东石狮，一树又一树的柿子
点燃游人心头火一般的热情

凌厉的风清空树上最后一片枯叶
人们打着阳光的旗号
在深秋的原野上奔走相告

果商的卡车从四面八方开过来了
柿子树的羞涩，如农家含春待嫁的少女

站立在高原之上
柿子们是如此纯净，如此澄明
在秋风萧瑟的落叶间
它一下就抓住了我的心

三棵树

枝叶茂盛的三棵树
在平原的深处

手牵着手，肩并着肩
平原上走来三个兄弟

三个兄弟，三团燃烧的火焰
照耀着白天和夜晚

空蒙，洁净，三个卫士
守护一方热土

三棵树像三个兄弟
行进在岁月深处

七星北斗

晚风熄灭了天上的七颗星
而地上的七棵树还在摇晃

为什么如此冒失地相遇
我们，又在顷刻间挥手别离

七棵树，站在七个方位
呼啸的少年，走过初春的田野

地里的庄稼风霜裹身
月光把远去的路，眺望成一纸家书

七个老去的少年
心里生长着，不会老去的七棵树

龙头柏

仰视你的时候，农人说
你的影子投射到二十里开外的水缸，鱼池
隔着一条洛河，也能看到你庞大身躯

更多的时候，你在汲水
头朝地，身子隐入云层

有人焚香祷告，有人为你披红挂绿
苍穹下簇拥而来的庄稼，衬托你的威仪

据说，你是龙的化身
哪里出现你的身影
哪里就会风调雨顺，五谷丰登

秋 风

不能开窗，那贼一样的风
会从窗户的缝隙溜进来
进入人的身体，然后就感觉到疼
就感觉到满山的落叶
在疾风中瑟瑟地抖动

而此刻，我是多么虚弱
尽管阳光热闹，一些陈年旧事
仍然在河床上盛开，而我也知道
一些笑脸依然会在春风中相逢
一些爱情故事依然会在
城市的边角地带握手寒暄

这些情节都将成为
诱使我内心疼痛加速的部分
在叶绿素褪尽之后
我的身体仿佛行将入土的落叶
在病床上颤抖，并且发出声音

春天像镜子般破碎

一场接一场的雨
跌落下来，像巨人的眼泪
挥之不去的悲凉
一滴一滴
直逼酸楚的鼻头

经过风雨洗礼的人
一定会从春天走来
在相思湖畔种下月色
直至体内的水分流失
夏天的激情逃逸得不知所踪

树叶纷纷离枝
夕阳招惹了暮色
有雁阵横过天空
越来越近，越去越远

春天像镜子般破碎
无法诉说的寒凉
交给秋风
我的伤口几度裂开，没有声音

际 遇

要怎样才可以剥离
附加的疼痛
药水一滴一滴
窗外好像还下着雨

我记得曾经答应过你
在一个年轻的夜里
面对你的柔情如许
我好像答应过你
要和你生生死死在一起

为了兑现年轻时
许下的诺言
无数次从死神手中逃离
创造了一个又一个
生命的奇迹

可笑的我啊
终于要用自己的一生
来证明一个问题

人比黄花瘦

打开十二扇轩窗
迎接八面来风
山谷的溪水奔流
旷野跌入玄月的眼睛

仰首是云
俯首是春
南疆的红豆植进
北国的春秋
一个部落的遗风
潜入河流

谁在山中翘首
谁在黄昏漫卷西风
今夜我为你写诗
心头摇曳的黄花
明媚一段暮鼓晨钟

前往故事中的人
双手合十

船只锁进渡口
你的身影亮丽
箫声，瘦如秋风

秋 雨

夏天的一场雨和你不期而遇
在小镇的上空，集结了太多的忧伤
在浮躁的人世间，你有太多的情绪
需要发泄，需要交出你的爱与恨

在雨中邂逅，在雨中重逢
在雨中流离失所
油纸伞像彩色蘑菇
在雨中会聚分流

在秋天，人们有各自的幸福需要分享
需要一场雨点缀他们的生活
他们心里有十万亩良田的收成
需要翻晒，需要乘着秋季的华年
分享他们的欣喜和满足

而我，不需要油纸伞遮盖我的贫瘠
遮盖春天对我犯下的过错
我需要呐喊，我需要穿越

在雨中，我像一个幽灵
找不到自己的回声

落　发

丛林中深藏着秘密
我踏着落叶
拣拾昨天的记忆

春天的风吹拂着长发
一些花絮跳跃着走过
走过呵，春的温柔
夏的茂密

终于有泪滴在山路上了
终于有无限的悲泣
注入河流，而对于你的追忆
对你的追忆呵
仿佛满山的落叶，随风而逝

年轻的你啊，是否依然在
岁月的堤岸上，唱一首忧郁的歌

风花雪月

你的眼神儿
小鸟儿依人般温暖
让我觉得，你和我
仿佛又回到了春天，回到了从前

玉

藏在深山人未识
如果不是那一场
风花雪月的相遇
如果不是那惊鸿一瞥的
目光相投

要多少个凄风苦雨
要多少个日月轮转
才换得今天的
执手相依、耳鬓厮磨

多好的日子啊
我是睡在你心头的宝贝
贴着你的温暖
走进烟火人间，走进这
滚滚红尘

这一生何其短暂
这生活中的波澜
这流水中细微的幸福
我都将一一收藏

因为，错过这一世
又将是一个生死轮回
又将是一个沧海桑田

雪花飘飞的日子

今年的雪，来得比往年早
想到雪，就想到一些
温暖的事物
我站在桥头看雪景
一些童话般的往事
在思绪间跳跃、穿梭

幸福总是那么短暂
三月柳絮纷飞
欢快的童声犹在耳际
清澈的眸子
早已被岁月的风霜染白

雪花总是那么晶莹
如片片蝴蝶飞舞
她使世界受到启发
人心变得轻盈

我的脚步日渐沉重
雪一边下着一边融化

现在天气不是那么冷
雪花还没有想好
今年的冬天，将在哪里扎寨安营

冬天比春天温暖

感谢上苍，给了你这么广阔的空间
一色的黄，是大地的真相
你坐在高山之巅，成为天地之王

撩人的风是冬天的旗手
从那山到这山，只需一袋烟工夫
便可将人世间的爱情运转

你从虚无之间站起身来
红丝巾在风中一闪一闪
让我觉得
整个冬天比春天还要温暖

动与静

大山莽莽苍苍
一些思绪在眉宇间浮游、起舞
雪花从额头滑落
堆积在衣领深处，然而
我并未将其抖落
因为，我是那样地、那样地
深切地思念着一个人
在散发着
淡淡清香的腊梅深处

横空飞来的一掌

有凌厉之势，比风快
似闪电般出击
简洁、明晰，不拖泥带水

郁雷发自幽谷
丛林绝响
我听到群峰崛起之声

横空出世的一掌
我没有躲闪
你的掌锋是旋涡
带有救世的温度

在我倒地的那一刻
雪花从九天飘落
如花朵般，在大地上燃烧

冬天不冷

冬天的雪花是轻的
稀稀落落的人
透过玻璃
从街道经过

那一天，你依偎着我
走过十里长街
我们在餐馆坐下来
隔着一张桌子
让我觉得，中间好像
隔着一个冬天

偶尔，你把手伸过来
握住我，十指相扣
你的眼神儿
小鸟儿依人般温暖
让我觉得，你和我
仿佛又回到了春天，回到了从前

两场雪

雪，一场一场地下
在雪与雪之间
我伫立了许久

雪，一场蓄谋已久的雪
排兵布阵
在隔世离空的天地间
洒下弥天谎言

在雪中
有人向我挥手告别
有人朝我微笑致意

两场雪
一场下在春季
一场下在初冬
在雪与雪之间
我无语跋涉

冬天的第一场雪
像是一场洁白的思念
在苍茫的人世间
循环往复

窄 道

多么希望
你能和我一起，走上这条
命运的窄道

一条稻草般悬在空中的路
一条花朵般滋生鸟鸣的路
一条闹市般灯火通明的路

让我从我的影子中分离出来
就好比雪花从乌云中派生出来一样
在飞雪敲门的黄昏，一只手
循着另一只手的气味，热情洋溢

二月雪

一大早，我看见雪
看见雪鹅翩跹而来
带着救世的温度

盼望已久的雪啊
她在我眼前悬浮、起舞
陪伴一首轻音乐的节奏

多么轻盈的舞姿
她让我在高山之巅
向人间欢呼
凡是上苍赐予我的幸福
我将分享给每一个人

在雪线以北，当你一袭轻纱
涉水而来
我所经历的苦难与不幸
又算得了什么呢

冰封岁月

一望无际的灰色
与心头的冷，遥相呼应
偶有几声鸟鸣掠过头顶
像是岁月之剑，裹着寒风

我孤独地行走
比冷更冷的是大地
落叶是春天的胎记
而我，却是
流落在陆地上的
一粒微尘

我不能停下我的脚步
就像日月不能停止更替
受雇于风的教唆
我在河岸上留下脚印

掌纹与树枝一样干枯
在苍凉的褶皱里
我将春天的记忆，反复温习

等 待

雪花漫过来
铺展远望的路
枝头栖息的小鸟
眼睛里注满风雪

这是隆冬时节
河流埋伏在厚厚的冰凌下
那个手持火把的人
心头汹涌着巨大波澜
行走在春天回归的大山深处

穿越城市和丛林
雪花挥挥洒洒
我是一个妇人
在临街的窗户前
我的眼睛
写着对远方的　无限相思

春天的一场雪

大部队撤退之后
唯独你留下来
深情地回望一眼
曾经盘踞过的土地

《诗经》里的童话
已经被春天占领
再过段日子
你的遗腹子，就会在
大地上冒出来

云朵布设的道场
模仿人间天堂
我会在这里养马、牧羊
民谣在胯下生风

每当夜幕降临
月光坐在草原上
箫声，被清风打磨
一遍一遍
触摸往日时光

镜 子

白，只是一瞬间的事情
虚空中，万千银丝飞絮

你站在镜前梳妆
柔顺的长发
瀑布一样倾泻
缠绕住那个美丽的春天

他从身后走来
悄无声息地抱住你
你呵呵地笑着
春风一波一波荡漾
唤醒你战栗的身体

时光如白驹过隙
老，只是一恍惚的事情
他在虚无中走着咳着
雪花无声飘落
不经意涂白一个世界

那咳在
雪地上的一摊血迹
火红火红的
就像当年，你遗弃在
镜子中的一朵玫瑰

雪花情未了

无根的花
在眼睛里缤纷
冰冷的民间
因你而温暖

我来寻你
在路上
蝴蝶翩跹
情思缱绻

美好的事物
总也不能长久
我踩在雪上
仿佛踩疼草的骨头

太阳出来了
残雪消融
我对你的思念
只有泪水一汪

冬天的守望

秋天被拦腰斩断
冬天如一阵风
被原野和盘托出

阳光落在你的额头
道路似绳索
被时光，悄悄收走

哦，丫丫
你离秋天已远
你离春天
还有一段距离

远方，一场风雪
正在悄悄向你靠近
而你所等待的人
尚未来临

初 雪

整个冬天，风怀抱利刃
游走江湖
我是一个怕冷的人
必须在雪花飘飞之前
建造好属于我的内心的宫殿

琼花满枝丫，圣洁在人间
2018 年的第一场雪
是天对地陈述的爱情宣言
曼妙的身姿
扮靓了一个人间仙境

许多人走出城堡
像是灵动的诗句
我站在临街的窗口
陪伴一首轻音乐的节奏
享受你，从远方
送来的第一声问候

套麻雀

小院坐在雪地上
门前土路如绳索，恰好接住
筛子下面几粒米

炊烟升起来
枝头小鸟儿叽叽喳喳
正在议论如何度过
这个难挨的冬天

三五小孩
从院子迅速撤向屋内
在半掩的门缝里
向外窥探

院子里的静啊
只有雪花落地之声

那一年
雪下得很厚
纷纷扬扬地，漫天飞舞

父亲望了望
混沌一片的天地
长长地叹了一口气

几只麻雀
像枯叶飘落
又迅速反弹起来
飞离那个冬天

日子就这样
白茫茫的
成了我记忆中的
一块胎记

等待如一棵树

盼望已久的雪
从阴郁的眼眸中分离、滑落
成为天空中一场
浩浩荡荡的弥天谎言

行走在城市中的人
仿佛一个又一个虚词
走着走着
就被大雪淹没

我是唯一从城市突围的人
在苍茫的天地间
等待如一棵树，用以承接
人间这无数朵思念之花

流　放

冬天的风在高处集结
坐在河床上的衰草低入尘埃
行走在身体里的刀子
学会了隐忍，锋芒——在疾风
竞走的大地上隐姓埋名

我需要流浪，我需要放逐
我需要一把剑削去心头无名之火
我需要一场鹅毛大雪
铺天盖地

我不知道啊，我真的不知道
唯其如此，我是不是
才能回到——最初的部落

空椅子

秋声和鸣的悲悯已经过去
燕语蝶飞的季节业已零落成泥
摇橹人去了远方
破败的思绪依然搁置在岸上

春天有太多的线索
太多的线索，都在冷风中
瑟瑟地发抖
包括追悔与重提

石头坚硬无比，小径沉默不语
镜子映射不出人生悲喜
此刻，公园寂寥人稀
湖面结了一层厚厚的冰凌

大 雪

天地是道场
风跑累了
停下来
在河岸上观望
远远的
一个牵马之人
从秋天抽身
走向隆冬
此时
雪花从九天飘落
成为冬天
唯一的书写者

小 雪

天道有情
不经意间，垂下眼帘
与时空对话

你的手好红哦
在路上，他一边哈气
一边执着她的手
睫毛上的霜花，就要被爱意融化

路越走越深，越走越宽
他们嬉闹着，追逐着
飘飘扬扬的雪花
是天地间最美的情话

在这场婚礼中
我一边追、一边喊，却突然发现
小雪已经走出去很远

视野中，冷风来回地抽打
我不由得抱紧双臂
安慰了下孤独的自己

飘雪的日子想起槐花

飘雪的季节，想起槐花
身体是一座巍峨起伏的城
在他的心里
驻扎十万白色的精灵

白得晶莹，白得透明
在路上，在山间，在丘陵
白色的思绪纷飞

山水中站立的白精灵
抖动白色的翅膀
白蝴蝶跳跃着——像云，又像雾

屋檐下滴着春天的雨
在青黄不接的年代
那一树树繁茂
多像母亲眼睛里飞出的悲喜

月光落进山野
村庄显得多么孤独

只有风，和十万花魂
还在山坡上起伏

雪花飞来的时候
那些婀娜的身姿结满冰凌
太阳把她们化作水，一滴一滴
每一滴，都有着泪珠的形状

红尘有爱

你在清晨画雾
画出夕阳与彩虹
我在夕阳里看你画风景
一看，就是一生

羊群她听我的声音

我从云端来到人间
牵着我的女人
赶着和白云一样的羊群

我说爱，她们就
一朵一朵跑出来
从天外，一直跑到我心里

再从我心里
绕过河流，径直奔向
生活的原野

我每天放牧她们
这爱的草场
是人间对我最大的回馈

羊群她听我的声音
就像我的女人
每天都依偎在我身边

青花瓷

是夜，我穿过长长的街道
手里提着一盏灯
抬手敲了敲你家的拱形门

长袍加身，月光断后
进得门来，我把珍藏半生的春光
哗啦一声，抖落在你面前
变作闪光灯下的红地毯

就这样，你笑盈盈地站在我面前
柔和的光线勾勒好看的曲线

多么圣洁啊，痛彻心扉的爱
落满天街小雨
民国的风，在人间刮得正紧

你的身影，从未走出我的国土

站在爱的制高点，远眺人间
红尘千里万里，只有你的身影妩媚

阳光下，我要从你的脚趾爱起
像蚂蚁爬树，骏马啜饮圣水
我要把爱的旗子，插向你生命的最高峰

有你的日子，我不急于赶路
在你一米六五的国土上
我要慢慢地走，深深地爱

这是幸福饱满的一天
从早到晚，小鸟儿依偎着大树
而你的身体，从未撤出我的江山

美好的一天

从大地出走的时候
我和你，手拉手
阳光刚刚好
照在我们脸上

这是美好的一天
小鸟儿带路
蝴蝶也在舞蹈
我们唱着歌儿
合着小草美妙的节拍

黄昏时分，我们坐下来
在高高的山岗
头挨着头，看人间烟火

此时，月亮升起来
婴儿般的笑容
刚刚好，投进我们怀里

寸步不离的爱，走过人间

叶子一片一片飘落
你的声音，像湿润的风
丝丝抚慰干渴心田

咕咚一声，明净的世界里
掉下一枚浆果
溅起心海波波涟漪

秋天越来越深，越来越蓝
我们一起走着，影子投进湖里

在路上，你说爱
我便轻轻拉起你的手

美人鱼躺在小船上

静静地，你躺在
春天的小船上
修长的身姿像一尾美人鱼
微风把含香的嘴唇
轻轻吻上你圣洁的额头
春天柔软的十指
水草般游曳
意欲霸占你，高贵的山川河流

日子追随你的影子转动
娉婷在尘埃里的花朵
在昏黄的光线中一节节变暖
梦里的水乡清波微漾
几只水鸟扑棱棱地
顺着月光水线飞向远方

你舒展了一下身子
隐藏在睫毛下的春天
蝶舞翩跹，而此时
旖旎的水岸人来人往
你对人间含而不宣的爱
尚在怀春的路上

随你在一首诗中居住

随你在一首诗中居住
看书，写字
一会儿看山，一会儿看水
偶有几声鸟啼
打开春天的花语

随你在一首诗中居住
碧波，帆影
半廊山水，一波烟雨
江上往来的歌声
扶正炊烟一缕

随你在一首诗中居住
阳光，木屋
云朵停靠在绿荫之后
手搭凉棚读你
你在甲板上眺望的姿势
渐入佳境

风吹在幸福的指尖上

风儿轻轻地吹，姑娘静静地睡
水上运来漂浮不定的灯光
我的村庄，睡在沉沉的故乡

美丽的故乡，我的村庄
风吹在风上，风吹在灯盏上
漂泊的小镇上
驻守着亘古不变的玫瑰花香

风儿轻轻地吹，姑娘甜甜地睡
风吹在风上，风吹在幸福的指尖上
我的村庄，美丽的村庄
安卧着幸福的白月光

风儿轻轻地吹，姑娘沉沉地睡
美丽的村庄，静谧的月光
停泊在夜色低回的梦乡

小女人

小女人在沙滩上行走
脚踝系着斜阳
沙沙的沙粒
吞吐着大地的心声

她在想什么呢
天空一半晴，一半阴
层层叠叠的云骨朵
做了蔚蓝的切割线

风车在旋转
阳光在盘旋
婀婀娜娜的小心思
一朵一朵踩着沙滩的暖

她在等什么呢
雨三点两点，风若有若无
大海翻江倒海的召唤
是她走向苍穹的可靠底版

尘缘 CHEN YUAN

行走在空蒙的天地间
翅膀多么高远
扭扭捏捏的小女人
犹如一只欲飞的燕

四姑娘山下的妹妹

四姑娘山下的妹妹
依水而居
依水而居的妹妹
是天上的明灯

天上的星星数不清
你笑着问我
哪一颗晶莹，哪一颗最明

眼睛里隐藏着巨大涛声
这样的涛声在胸腔中万马齐喑
我只是将燃烧的火焰捏在手心
就像四姑娘山
在夜幕下沉默，一声不吭

岩石抵挡不住江声
潮湿的黎明有些许清冷
别怪我不愿回眸
这样的场景让人一碰就疼

就像三年前的那一个早晨
说是一同去远行
大雾，却弥漫了你的身影
江声，高一声、低一声

惬 意

阳光懒洋洋地照进来
罩着窗台上的花草
对面山上的牧羊人
赶着云朵上山坡
唱着愉悦的爬山调

这是世俗之爱
整个上午
我被一种气氛所包裹
室内的音乐
不打扰我看书

屋子里弥漫春天的气息
在临街的窗口
爱人羞涩的脸庞
艳如桃花

星星羞涩地闭上眼睛

一颗星闪现
两颗星闪现
无数颗星闪现
它们一起把目光投向
那条乡间小路

那条被秋虫吵醒的路
那条被月光打开的路
两个人走在上面
手挽手走着
悠悠停顿下来
身不由己拥抱、接吻

此时，萤火虫提着灯笼
明晃晃的月光
从两个影子中间
提走一帘幽梦
而那些水灵精怪的星星们
一起闭上羞涩的眼睛

时光无声

两只鸽子挨在一起
落在青砖碧瓦的屋脊上
静静地，说着只有眼睛
才能读得懂的悄悄话

疗养院的花园里
五个孩子追逐春风
时而跨过绿篱
时而穿梭在花丛中
耀眼的花蝴蝶上下翻飞

亲爱的，看看我的手相
年近不惑的她
更深地依偎进他怀里
海棠花在林荫走廊
散发淡淡清香

那一年的那一天
阳光格外明媚
他看她的眼神，那样迷离
仿佛在蓝天白云间
有着童话般幸福的纹理

雾霾散尽之后与你相逢

盼望着，烟雨来临
雾蒙蒙的两个人
是两个持灯者
从不同方位出发
向人类的闪电逼近

穿越黑洞，穿越
城市与丛林
搭载幸福的雷鸣
在大地的心脏上忐忑

进一步，再进一步
像两朵燃烧的火焰
于星群回归之际
在旷野中，做最后的弥散

其实也没有什么好担心的
如果在薄雾散尽之后
我和你，终于能够
在冬日的站台上相逢

心　事

不要诉说
在我身后
你已站成一树风景

每次你迎面走来
我都转过身去
心事站在中间
你看不见我
我看不见你

可是有那么一回
心事儿，航线偏移
回头看你
你在地平线上
成为另一种风景

如此我走出心事看你
你却转过身去
你的心事
是鼓着圆圆的彩翼么

一幅画

一面画板
一个画画的女子
湖边
山色温润

沉思，蹙眉
你在努力捕捉
日子
飞过的鸟鸣

你在清晨画雾
画出夕阳与彩虹
我在夕阳里看你画风景
一看，就是一生

等你，如同等我的初恋

黑色的意识流
倾泻在窈窕的波峰上
不经意间
在春风中荡漾

走过陌上红尘
飘过烟雨江南
一直从青春年少
舞到满天飞雪

我站在红尘路上
等你，靓丽的影子
如同雾起时
等我的初恋

两棵树

此岸，彼岸
两棵树
两两相望

风在行走
雨在行走
雪花也在行走
云朵在推送
江河在漂流
时间一点点过去
太阳和月亮
交互着往来

此岸，彼岸
两个相爱的人
倚着两棵树
一个在江南
一个在塞北

女人与香烟

兰花如蝶
轻轻一握
便在你的鼻翼下
风情万种

用心火点燃
温情萦绕指尖
青春因你而舞蹈
只一眼
便醉在你的眉睫下

寂寞为爱情而歌
简洁的思想
直奔一个主题
生命因你而璀璨

裹紧或者浅尝
不论是蹂躏
还是爱怜
缠绕的情一样　轻轻漫漫

只要你的唇
深深一吻
只要你愿意
我便活在你的思绪间

在人群中你多看了我一眼

在泥泞的街道上行走
细雨织成线
往事溅起的涟漪
如珍珠般崩坏、消失

可是、在雨中
我是多么不甘心
你的一次回眸
用去了我整整一个上午
甚至我的一生

用一生的搜寻换取顷刻的
幸福是值得的，如果
如果在梅雨散去之后
你的笑容
能如阳光般将我消融

就这样望着你

窗户始终没有关闭
整整一个上午
我以一杯水的热情
体恤你的温暖

三月柳絮纷飞
喜鹊抓住想象的高枝
一缕清风袭来
闪烁的烟蒂
在手中明明灭灭

弹掉指尖风尘
犹如弹掉思绪之外的光阴
好日子才刚刚开始
阳光落在你的身上
仿佛爱情吻着你的睡姿

在窗户之外
我不敢大声呼吸
唯恐一声轻轻的咳嗽
惊醒你甜蜜的梦境

花的情诗

如果我是绿叶
你是鲜花
那么你的馥郁
必须依赖我的青翠

让你的花蕾
在我的五指间绽开
用我的青春
装扮你的容颜

我的情须真，甚至浓
彼此才能相烘托

你如此鲜艳
保持一种姿态
我们这般默契
显示春天风采
必须依赖土壤
——爱情

那时候

你已老红颜
将成为我整个生命中
唯一的寄托

我不在你身边的时候

我不在你身边的时候
我的灵魂在飞翔
太阳的光辉
是我深情的眼睛
只要你游走在天地之间
便逃脱不掉我温柔的视线

如果有人要把阳光阻挡
那我就化作和风
即使天涯海角
也要把你左右追随

如果你走进房间
拟或是夜晚
我会化作空气
这样，我就可以与你
息息相通

可是，如果你要拒绝
那我就化作秋雨
在你不备的时候
淋湿你人生的岁岁年年

酥油灯

两个人坐在草原上
柔和的太阳光
抵挡不住迟暮的黄昏
隔着一条时光之河
它叫醒了睡意昏沉的酥油灯

啊，这人世间的悲喜都在这里了
酥油灯心怀古典，眸含慈悲
身体里抽出的光
用以把两个人的夜空照亮

两个人的前景在路的正前方
他们的世界互为倒影
酥油灯激动地坐在云头上
仿佛草原上升起
又一轮青春的红太阳

学会把你忘记

山花烂漫的季节已过
而我也终于可以把你忘记

回顾所来径，光与影重叠
眼前反复出现的情景
是你我了然的心迹，那不断
呈现的往日旧时光

当大红喜字贴上你的门楣
我知道，我要学会
把你忘记，就像忘掉
故乡山路上的那朵小山菊

落 差

她正涉水而来
在他弃绝的腹地
采集一束花香，为山河命名剪彩
并且于闭目之间
许下一个春天的愿望

而在河之洲，他只身一人
坐在高高的山岗
因为张望
使他神情暗淡，鬓发染霜

我们哀叹上苍的造物弄人
悲悯时空的永不回转

就在昨天啊，就在昨天
他们曾在这里相亲、相爱
携手度过一段
幸福美好的时光

落 寞

无心看那春花
因风起，因雨落
因人间的四月
在天边涂抹霓虹

那是怎样的错误啊
曾经的美丽和憧憬
只因刹那的目光相投
而化作千古浮云
成为此生割舍不掉的
隐忍与疼痛

而在最深最深的红尘里
我是呵，永远是
芸芸众生之中
最为落寞的那一个

望月惆怅

在月圆的夜晚
我在星群与流水之间
腾挪、躲闪
尽量不去触碰
那些与思念相关的字眼

织女星

恒久地站着，我想看看
流星擦身而过的人间万象

风吹云散，吹散一些记忆
也熄灭人间的万家灯火
而河流依然在脚下延伸
一些时光里的影子，在旷野中举着火把

因缘和合终不能天随人愿
红尘聚散也终必与我无关
我孤独地俯视苍生
万籁俱寂，唯有那一树华盖
千年不倒，屹立在大地上

屹立在空旷的地球中央
他始终如一个人，在我的眼睛里燃烧

山 月

在群星灿烂的夜晚
你就在我的怀里
这河边环绕此起彼伏的蛙鸣
草丛中弥漫山菊花淡淡的清幽

月出东山，月光沁我肌肤
在岁月的河岸上
记忆总是如期而来

如期而来的
是你我不变的华年
和酒杯里无法消解的悲伤与哀愁

在月圆的夜晚

如果你对我说过
一句一句，云飞雨落的话语
在月圆的夜晚
我便不会忘记

在月圆的夜晚
我在星群与流水之间
腾挪、躲闪
尽量不去触碰
那些与思念相关的字眼

我以为我已经把你收藏好了
收藏到温热动荡的春水深处
字字珠玑，粒粒饱满

在月圆的夜晚
如果你对我说过，一句一句
云飞雨落的话语
我便不会忘记

可是，不眠的夜啊
仍然过于漫长
那些曾为我们彼此盛开过的青春记忆呵
始终在月色空蒙的河岸上
不断地，不断地予以呈现

清冷的月光

月光是漏进时空隧道的水银
我用了一生的力气
也抹不掉记忆中的痕迹

有些人，有些事
是我生命里的一部分
像血液一样流动
是我身体中的 DNA

时光飞逝，青春不再
在故乡，在河边
月亮的目光仍然保持最初的羞涩

夜夜呵，夜夜，我徘徊，我追索
月亮赐我以时间的碎银
而我，却不能用它
拼凑出夜的完整和体温

月光曲

在秋波中调试音节
春天的旋律在十指间启蒙

今夜，我有十万亩月光
十万亩月光孵化的御林军
穿过我的相思之河

终于有一天，我发现
人类创造的众多河流，变得
如此苍老，如此弱不禁风

当我再一次踏上这条乡村小道
除了刺骨的寒风，和远去的背影
却再也听不到，大自然弹奏的美妙和声

灵魂，戴着锁链舞蹈

不得不承认，身体里的钉子
早已经锈迹斑斑

我们无法搬动身体之光
在苍茫的人世间，进行场景置换

然而，亲爱的，我们的灵魂在舞蹈
飞出藩篱，跃入天空
像两只蝴蝶，交换着波涛

在山水间，在星空下
你我心灵传达的爱意
于月辉倾洒的链条上，闪着柔韧的光

如果有来生，让我做你的爱人

我不能收复你对我的爱
也不能交出我对人间的恨
风穿越了那么久，那么久的跋涉
竟唤不回那一次相遇的经历

可是，亲爱的，你曾答应过我
如果有来生，让我做你的爱人
秋虫知我意，于草丛中布下氤氲

每当星灯亮起，疲惫的我呵
依然是孤孤单单，冷冷清清

空　洞

夜开始警觉起来
于无声处
大口大口地喘着粗气

在此之前
车辆大声喧哗
醒着的人制造出许多噪音
它们轮番上阵
搅扰了我的清梦

记得我是哭着醒来的
在醒来之际
嘴里衔半块春天的蜜语

只是不能倾吐
郁郁地
眼看月亮越走越远
越来越暗
就像遗失在山路上的一个人

流星般陨落

夜幕降临
忙乱的人收拢了蒙尘的脚步
一天的狂躁安顿下来
昨夜的风
还停留在树梢

往事随风
重门却已深锁
前往故事中的人打着灯笼
停泊在渡口的船只
找不到曾经起航的歌声

天堂关闭了一扇门
墨汁般的夜被流星划破
世界在寂静中消亡
在黎明到来之前
生命，也终将不再滋长

只有风，只有流亡的风
能聆听吹笛人内心的忧伤

风把云带走

云，丝绸般缥缈
你把棉絮一样的温情
展开，铺向天空

多么温暖，在雨后初晴的
夜晚，你如幻的身影
变幻着身姿，在虚无之上舞蹈

当爱来时，心也变得
飘逸，你是月下浣纱的女子
唱一首古老歌谣

秋风起时，思心便起
风把云带走之后
萦绕在河流上空的，依然是你

扯不断的影子，千丝万缕
在岁月的笛孔中，夜夜低回

蓝屏深处

你的眼睛
是一泓深潭
只要我看上一眼
影子
便投进你心中

在你离开的日子
一棵古树
望断天涯路

谁在井边打水
打捞春天的绿意

每当夜色降临
你在那头
我在这头
两个仰望的窗口
雨意深深

你的字

银铃般的笑声
抖落一片光阴
你像风中的倩影
常常伴我夜半更深

排列整齐的月光
点亮一池蛙鸣
洞开的轩窗
装饰明眼人的梦境

你在梦境中
玉树临风
我在夜的纷乱中
整理重建星河的可能

错 爱

我在白天爱你
我在夜里想你
我在一张铺开的白纸上
坐成一尊闪烁的灯

钢笔有些忧郁
窗口有些微风
月亮带着一生的凹凸
于苍茫之外远行

河流忽明忽暗
时间滴答有声
黑夜止住自己的哭声
在黎明到来之前
装做什么也没有发生

让我干净地活着

让我干净地活着
一千次的朝圣
一千次的远离尘埃
雨水援引大地
烟火已远，天堂很近

让我干净地活着
脱去世俗的外衣
裹紧一身风尘
雪域高原的经幡
飘动无为的钟声

让我干净地活着
转经筒转出年轮
天堂有云意，人间有风声
我闭目聆听康定城外的情歌
诵经声盖过前世和今生

再见，再也不见

烟花飞溅
风伴装成隐士
在灯红酒绿中穿行

一个爱的名字
变化着身姿
在众人的目光中
寻找它的根

桃花红，梨花白
一条狗嗅着另一条狗
隐没在广场的街角

音乐像褪色的旗帜
我站在初春的斜坡上
对着这座城市说
再见，再也不见

忧郁症患者

品尝多余的泪水
伤口析出的盐
时间配制了剧毒
我为你的离去痛哭余生

灵魂与黑夜媾合
猫成为夜莺的怂恿者
杯具尚留余温
褪色的红唇　却已哑默无声

在月亮
逃离城市的边角地带
一个厌世者
抱着他一生难以消化的苦
如烟消散

背 离

那妇人做好一桌菜肴
在城市的中央
在夜色阑珊的都市高楼
等待形同哀伤

而在戈壁，长风漫漫
冷月孤悬，思乡的梦啊
如同星子，一颗一颗
被乌云遮蔽
一颗一颗被风吹散

走在月光下

走在月光下
像走在雪上
那一夜
整个村落都睡了
唯有月光醒着
不眠的夜醒着
走出木屋的那一刻
我试了试雪的厚度
足足七尺多深
却没能阻住我的影子
以至于
在苍茫的原野上
我一个人越走越深
越走越暗
走到最后的最后
像一颗流星
划过天际

月光下的小城

小城是胸中块垒
是上帝布设的迷局
多少人走进去
却没有能够走出来

今夜，小城是堡垒
也是森林
月亮挂在空中
照归程，也照从城里
出走的人

月亮被乌云遮蔽

你有一张冰清玉洁的脸
让我仰望，让我寻思
人在江湖行走这么多年
却始终走不出你布设的迷局

童年的歌谣余音在耳
木格窗内的灯火
被春风劫持，更有虫鸣
摇曳月影，伴随流水一起
铺设春天的小夜曲

我知道，那时你是玉盘
是梦境中的烧饼
是一家人围坐庭院的
幸福团圆

而现在，父亲的坟头摇曳着蒿草
母亲业已进入风烛残年
我所倾慕的那张玉盘一样的脸
也在一个乌云密布的夜晚

尘缘 CHEN YUAN

远走他乡

徒留我一个人在荒郊
孤单而凄清

红月亮

行进中，目光红了
火焰在眼睛里燃烧
玫瑰在洪荒中舞蹈

我以自身的燃烧
照见大地的燃烧
大地升腾的火苗
正在仰望的眼睛里焚烧

不仅如此，还有山岳
还有河流，还有看不见的岩浆
在大地深处积聚能量

而今夜，我是多么荒凉
因为寻找真相
我的世界陷入空旷

可我固执地坚守
抱紧一片虚无，犹如海岸
甘愿领受海潮 一次又一次的冲撞
而坚持着不肯做出退让

大概只有这样了

大概只有这样了
当繁华散尽，当暮色来临
我迟疑地
不愿做一次长久的转身

曾经的温暖
曾经的爱怜
都在逝去的春光中沉沦

而现在，已经有
风霜覆盖在山路上了
已经有三五群乌鸦
提着它们的黑裙子穿过天庭

大概只有这样了
当清风徐来，当星月齐明
在你离去的槐荫树下
陪伴三五声犬吠
夜夜守候灰色黎明

且行且歌

麦子们重回大地的子宫
那时我刚好从母语中诞生
像一株青涩的幼苗，歌唱流水
和生活

在森林公园南门广场

在我未抵达之前
一阵风悠然穿过木栅栏
摇醒台阶下的花语
三朵五朵
婀娜在秋日的阳光下

游客蜂拥而来
在大理石广场
我一遍遍拨打电话
向隐在白云深处的春天
发出邀请

须臾，你从千里之外赶来
在红门前翻身下马
与我携手敲开
伊甸园，这扇众妙之门

在黄姑塘村

我们坐在织女庙的银杏树下
谈论光阴，河流缓慢而抒情
布谷鸟托着春天的梦穿越原野

手挽清风的人，走过
村前池塘，荷花盈盈一水
从初夏开至深秋
采莲女子的回眸一笑
定格月亮粉红色的记忆

蜻蜓在时光里穿梭
等一场雨的莅临，浣洗尘垢
把两个人的身世
洗涤得一尘不染

彼岸，黄牛还在田埂行走
乘着尘世的云朵
呼应波澜不惊的人间

槐荫树

七仙女刚刚离开
泪水从树的发梢滑落
像跳进光阴的孩子
在朦胧的光线中
迟早还要回到天上去

几个打伞的现代人
在槐荫树下找他的前世
他们在树上系上红丝带
妄图如董永那般
指望树公一伸手
为自己推出一个美人来

我在离开道观之前
顺便把天河扯下来
铺在树下化条路
让那些红尘跋涉的男女
想去就去，想来就来

就这样吧

尘缘 CHEN YUAN

清风徐来，月光盈怀
我甩一甩拂尘
带走一片云雾
留一个琉璃世界，等你们来爱

玉龙雪山

昼夜醒着，玉龙雪山的光芒
以不息的心，照耀大地
安抚人间小小的风尘

雪下在昨夜，或者更久远的年代
神话被朗读，从人间到天堂
朝圣者的脚印，一次次被风传诵

我看见云，看见奔腾的龙鳞
雪山额头闪烁的光泽
吐纳虚空缥缈的言辞

我确信，我的灵魂进入天堂
而肉身随雪水返回，一条银白色巨龙
在体内奔突，嘶鸣
他干净、透明，不舍昼夜

问道昆仑山

昆仑飘雪
胡子和雪花一样白
西风凛冽

莽莽苍苍的昆仑山
你站定，如一棵松
身形浸染了雪的颜色

如雪山下的一个盲点
你穿越了那么久，那么久的心思重叠
脚下拖动沉重的链条

两只雪狼从山顶飘下来
她们奔跑得那么欢快
就像雪地上蹿动的两团火

两团燃烧的火焰
它呼啸而来，折转为
三两声鹤鸣
在蓝天白云间攀升

我吃惊于季节的转换
眼睛里流动着春天的旋律
心香遍野，万般欣喜

一条路指出上升的云梯
我不由得加快前行的脚步
不问出处，只问来生

卢沟桥

月亮静悄悄地
此时的湖水，平静、安逸
像一面镜子
把一座桥的形体
环拥进自己怀里

这里是中国的版图
一座桥就是一个国家的命脉
走向它，仿佛走向一段
鲜为人知的历史

多么平静的夜啊
在永定城外
一座桥的沉默
连接着两岸的沉默
两岸的沉默
代表一个时代的沉浮

我沉默地走在卢沟桥上
远方的霓虹闪烁

微风轻抚，我多么愿意
与秋虫一起
长时间享受，这一份惬意与安宁

夜深了、思绪如群星般恍惚迷离
灾难的灵光一闪，那时候
我记得、月亮一个趔趄
整个中国便陷入风雨飘摇之中

1937 年 7 月 7 日
卢沟桥上的一弯新月
挑在东洋人明晃晃的刺刀上
四万万民众的命运
如殷红的血
涂抹着旧中国破败的山河

在天鹅湖

词语未抵达之前
诗意已经醒来

远远地
我望见坝梁上几个人
一字排开

其中三个
振了振翅膀
仿佛就要凌空飞起来

剩下的人，嘴唇微张
像半开的莲
吐露低处明灭不定的禅意

在我之后
更多的人走上前来
犹如一个个念珠
连接未断开的诗句

洞　口

山上坐着两个人
雾气开始升腾
他们坐在洞口，身影
时隐时现
像两个虚词

他们在那里坐了许久
时不时地，互相对视
说些与天气
无关紧要的话题

当我凝神再看时
他们像两只蝴蝶飞走
带走诡异的传说
和斑斓的梦境

只留下两个石凳在洞口
光溜溜地
与时光做着交流

花山迷窟

路边的扬声器里
播放一些猜测
一些故事的轮廓
初具规模

穿过层层迷雾
我们下地狱
入天堂
天堂也是地狱
有着石头的成色

我们走迷宫似的
从夏天，掉入冰窟
走了三圈出来
心头仍然一头雾水

迷窟之谜，悬而未决
迷窟之谜
仍然是千古之谜

突发事件

我说的是湖
湖中的一块石头
就要被淹没
孤零零地，在水中央

湖边有人散步
有人在垂钓光阴
也有人屈膝交谈
试图掏出、淤积在心中
多年的泥沙

水鸟们不管这些
它们有的嬉戏，有的捕鱼
有的在光滑的镜子里
划出一道道扩张的斜线

这时候，一只白天鹅从天
而降，不偏不倚
正好落在那块石头上

而此时，石头刚好归隐
露出水上的部分
让人分不清，是石头羽化成仙
还是仙子驻足
这一片人间水域

草 地

两匹马
像两朵红色的云
落在草坪上

它们不飞走
恬淡、闲适
专心吃草

时光这个调皮
小孩，在草地上
奔跑、撒欢

有时，小手
挥舞着
把低头吃草的马

一会儿赶到东
一会儿赶向西

麦积山

天水的天，天水的水
天水的河床孕育了大量农田
大豆、高粱、玉米都生长在天上
而小麦被劳动人民从山水中
收割回来，一片一片晾晒
一片一片碾压，灰尘被风带走
黄金般的麦粒溅落下来
堆积成山，堆积成
一座精神高度，让后世瞻仰
风经过它们，雨经过它们
我经过时，麦积山开始摇晃
麦子们重回大地的子宫
那时我刚好从母语中诞生
像一株青涩的幼苗，歌唱流水
和生活，之后，大片的日光荡漾开来
父辈们纷乱的身影清晰可见
高高的麦垛堆积起来，我和妹妹
欢乐地嬉戏、追逐
再一次认领了家乡的山水，和
山水中跑丢的幸福童年

陈忠实笔下的村庄

被时间搁置在坝子上
像一杆秤，称不出
历史的重量
像一个标本，丢失了飞翔的翅膀

我和朋友去看它的时候
它坐在群山之间
一句话不说，像个哑巴

巷子里空无一人
只有微微的风
和好得不能再好的阳光
替我们打理行程

我们在村落中躲躲闪闪
更多的时候、模仿古人
在戏台前聊天、晒太阳

清末民初的风雨
在屋檐与斑驳的墙壁上时隐时现

尘缘 CHEN YUAN

一大堆故事的梗概与出处
被我们从锈蚀的锁孔中挖掘出来

有那么一阵子
有人隔着门缝窥视我们
有胆大者甩动着大辫子
或颠簸着小脚
在村落中摇摇晃晃

然而，这只是一恍惚的事情
过去的荣辱与繁华
于刹那之间消散得无影无踪

整个村落空空荡荡的
我相信，在这里居住过的人
他们的灵魂没有走远

当我们走出村寨
几个手牵麋鹿的人，嬉笑着
正在向我们走来

车过秦岭

咣当、咣当，快节奏的列车
像一条巨龙，在中华大地穿行

这是早春三月，阳光扑打着透明的玻璃窗
一阵又一阵的草木香、直抵肺腑

相对于一望无际的油菜花
一列火车的长度多么渺小
而相对于嗖嗖远去的原野，扑面而来的群山
显得多么威武

这里是三秦大地，是盛产阳光
和传说的关中平原
十三朝古都远去，在历史的长河中
仅仅存活于烟雾中

在深蓝色的镜子里，火车炫耀着
发出轰鸣，一座又一座
现代化都市被时代的车轮甩在身后

我是一名游者，后面还有一段路
需要见证、亲历，然而
我终将成为一名过客，同这趟列车一起
在历史的天空下隐于无形

在三秦大地，在关中平原
谁也不知道一列火车意欲驶向哪里
而绵延千里的秦岭山脉
终将成为人们振臂欢呼的永恒主题

你的爱情，
是箫孔中飞出的一群白鸟

走进大草原，太阳的热情
与海洋一样辽阔

车轮与马蹄赛跑
看得见的影子，与看不见的风
赛跑

你心里的想法，头顶的白云知道
你心里的甜蜜，奔跑的小草知道

天色趋于混沌，万物各归其位
晨光被鸟鸣啄破，大地开始新一轮奔波

在人间，猫咪草在路边招摇
蜂蝶都能够准确找到自己的位置

箫孔中飞出一群白鸟
你的爱，在风生水起后波澜不惊

在老福州等一个人

葡萄与我们在南后街相逢
像一滴水与另一滴水相遇
纯朴的笑容沉稳地落进酒杯
那亲情打湿的话语
使整个下午变得浓淡相宜

话语权交给老福州
天南地北的方言得以统一
历史、地理备受推崇
文学与名人被调侃得热气腾腾

时针嘀嗒嘀嗒地行走
燕子斜斜地飞过天窗
清风静静地梳理晃动的人群
在酒香洋溢的热情里
我是一个静观时光变迁的人

日已西沉，暗香迷情
残雪旁边的座位空着
我们共同等待的人
像个悬念，与目光交集
也许她正行走在童话的传说中

穿越油菜花海

隔着十万亩沉醉的良田
隔着秦岭，隔着关中平原
一山之脊，我们闻风而动

闻风而动的是春天的香
车行其中，我们的目光被切割
越往深处路越宽
天空似母亲的笑容，现出婴儿般的蓝

黄和绿，两种颜色
黄是记忆中的黄，绿是记忆中的绿
临行前，母亲在风中站着
像黄土高坡生长的一株植物

细数那些吃糠咽菜的日子
苦菜花是当年亲亲的妹妹
操一口家乡方言
而土豆兄弟则具有传承的秉性
把陕南和陕北的生活紧紧地连接在一起

现如今，面对十万亩花海
我该如何告诉你

春天的眼睛里，花粉是可以被传染的

在无限悲悯到来之前
一场收割风暴，迅速淹没了这一切

祭轩辕

车流，人流
桥山脚下
旌旗猎猎
战鼓铸成大钟
戎马兵戈归于尘埃
朝圣的脚步
纷至沓来

旗子上飞扬龙的图腾
祭拜的香火
如松柏般茂盛
摆上鲜花贡果
你在霞光云霓中飞行
我们在你
流血流汗的土地上，火种刀耕

登桥山

像一片树叶飘零
我与秋风一起
进入正午的山林

白云擦洗着蓝天
时光为苍穹所过滤
斑斑驳驳的记忆
凝结成
一柱青烟，飘荡在
小城上空

绿色铺天盖地
影子穿梭其中
我怀着一颗虔诚之心
加入朝圣的人群

仰望五千年风云
俯视三千里疆土
漫山的古柏苍松
屏息聆听
撞击海岸的涛声

根

黄帝手植柏
参天耸立，亘古
桥山脚下

游人从四面八方
拥来，仰望
岁月如川

远方，海边
有人隔岸翘首

游子的梦
郁郁苍苍

我的梦
如笼中的鸟
几度飞翔

才发现
自己原是手植柏上
伸出的一根
枝条

钓鱼岛

你在那里站得太久了
像汪洋大海中的
一叶舟

手搭凉棚眺望
额头的皱纹
剥落成掉渣的沙砾

曾经何等的年轻
你的一声啼哭
唤醒母亲分娩的疼痛

你是站着的思念
脚下的根须
永远连着大陆的神经

望不见的归程
泪水汹涌为波涛
泅渡你
抹不去的伶仃身影

长 城

冰冷的目光
竖起一道男人的脊梁
如一条巨龙盘卧
在高高的山岗

一部争战的历史
往事如烟升腾
潮水般的戎马兵戈
被你的身体
阻隔在历史之外

五岳在我的脚下
旗帜飘扬
在雄鹰的翅膀之下
我得以穿越
东方的含义

滇 池

五百里温柔
漫溢，枕着绵延的山脉
做一幅春秋长梦

说是做梦
其实你的眼睛
从未合上

投入千百年光阴
写一部历史
你的眸子，明察秋毫

丰盈抑或消瘦
你对人间的爱
清纯、明媚
一如最初的形态

一群白鸟从头顶掠过
划伤的是天空
愈合的却是心灵

走上船舷
临风描摹的那一刻
我的身影
早已被一片月色
导入夜的波心

鸣沙山

难得有这样的风景
天空流云
流云红透半边天

你赤身裸体
仰卧也如少女
阳光滑翔的姿势
折射胴体的圆润与金黄

你可以欣喜若狂
也可以个性张扬
无论摆出怎样的姿势
上了镜头
就会倾倒无数目光

踩在少女的皮肤上
驼峰驮着日光
铃声叮当作响
轻点，轻点，再轻点
请千万别吵醒少女的忧伤

看你们腾云
看你们驾雾
一个不小心
就会迷失在温柔的梦乡

飞龙岭

车子几近爬行
在飞龙岭上
有我们未知的渴望

黑黢黢的山脉
扶摇直上
阵阵的松涛，使人
目光惊醒、睡意顿消

在飞龙岭上
在飞龙岭上呵
卸下一些欢笑
带走几许惆怅

我们如一阵山风拂过
只留下
只留下啊
千古不变的白云
在飘

尘世是看不见的衣裳

太阳走下天空时
我手里转动着两枚鹅卵石
仿佛转动着两个星球

月黑风冷，那是电影里的镜头
在卸掉铠甲之际
我要学会，自己替自己发光

登上泰山山顶，盘腿坐实
大地母亲的肩膀
宇宙天体，便会跳进我的
掌心，婴儿般成长

夜色中，尘世是看不见的衣裳
脱掉它，我要做一次
安静的飞翔

时光无声

红尘是一张纸，如果我不捅破
外面应该是条长长的小巷
阳光照着祖辈的脸，而我和你
正在巷子里，玩着过家家的小游戏

碎 片

春天来了，你在路边读信
碎花裙子闻风起舞
花一瓣一瓣飘落
点缀在绿茵茵的草坪上

这些纸片一样的花朵
是我当年写给你的情信
你撕碎了它，就像撕碎一件
并不华丽的新衣裳

事隔二十年重回故乡
望着散落在草丛中的花朵
我的眼里没有悲伤
她们像蝴蝶一样飞起来
飘荡在春天的裙裾上

风吹桃花

写下一个名字
春天的骨头就变得酥软
阳光一路奔跑，转过多少次弯
追出多少里风雨洗礼的山路
才找到记忆的出口，昔日的山坡

想起桃花，就想起你的微笑
柳叶眉下的秋波
唤醒记忆深潭中的几处春潮

有一声尖叫，是从桃花姑娘嘴里
发出来的，清风一吹
你身体里的疼，蔓延到大江南北

站在三月的斜坡上
聆听树枝上一朵朵心跳
空气有些湿润，花香
被风传颂，我是如此胆怯
竟不敢轻易喊一声她的芳名

一场雨下在梦里

黑夜停留在床上，当我起身
准备离开的时候
浮光飘起来，仿佛悬浮的灯盏
照耀大地走失的迷途

我要寻找，走遍千山万水
找到失散多年的伙伴
乘着人世的云朵

我要进入春天的深水区
和已故的亲人团聚
我要对着青山绿水说，我爱你

新叶之上再生新叶
莲蓬举在空中，摇曳复娉婷
游鱼拨动往日时光

一场雨下在梦里，它熄灭了夜
照亮窗台上的花草
胡子长了三寸，像秋风中庄稼的旧茬
暗合我对尘世间的思念

书　签

风不是吟者，从三月的枝头醒来
一瓣一瓣的思绪飘落
花开了几朵，草绿了几回
一条眺望时光的路踱着方步

这是一片家乡的山水
阳光不止一次从山坡上走来
她照亮了人间的烟火
也温暖了脚下的寸草寸土

喜鹊飞来的时候
牛儿还在小河边吃草
一枚书签落入初夏的薄雾
果实青涩而凝重

十二分的牵挂都在路上
秋风如隔世离空的一声叹息
我摸着一枚小小的蝶翅
黄昏虽至，而道路并不孤独

站成一棵树

不止一次登上山坡
玫瑰在诞生中
时光被一寸寸剥离

岁月的墙篱业已颓废
在人间三千繁华里
在难挨的俗世生涯中
你身心孤傲，遗世独立

时间落下不倦的鸟鸣
长亭外，古道边
是谁的影子透亮，是谁
在尘埃里无为地晃动

倾尽三千青丝于一念
有人念念有词
背负日月和风声

最后一次爬上山坡
隔着一夜的絮语
银丝随风而逝，而你
所等待的人，依然没有来临

故　居

坐落于记忆深处
一水之隔
我在此岸老成蒿草

岁月之刀，雕那往日时光
燕子衔来新泥
春风，在陇上几度轮回

苦涩的心，一次次被镂空
却又被凭空而来的风雨几度填满

飞雪敲门的时候
嘴里呢喃着一个人的名字
只是，总也漂泊在有家难回的路上

玩沙的孩子

玩沙的孩子，坐在沙滩上
沙子从手心漏下来
仿佛握不住的光阴
我用整整一个上午观察一个孩子、一个场景
她把光阴从左手倒到右手，再从右手倒至左手
她坐在自己的世界里，内心是充盈的
身影是孤独的，她视我为无物
此时的远方比远更远
在北方以北，行人一拨拨来去
驻足，停留，而后离开
几十年了，我站在沙滩上
头发白了，胡子和眉毛也白了
而内心的孩子仍在，玩沙的孩子仍在
她坐在沙滩上，玩得那么专注
那么仔细，仿佛红尘离她很远
仿佛人间什么也不曾发生

无言的结局

红尘是一张纸，如果我不捅破
外面应该是条长长的小巷
阳光照着祖辈的脸，而我和你
正在巷子里，玩着过家家的小游戏

谎言被揭穿的日子
爱情变作两条不相交的铁轨
拉着青春的影子倏忽远逝
此时，山鹰的翅膀越飞越高
暗下来的原野，变得迟钝而忧郁

可是，我要把眼前的幕布撕下来
外面有没有无数次预想的结果出现
真相是，日子一天比一天陈旧
而我，终于坚持不住，倒在了沙发上

一朵没有送出去的玫瑰

窗灯亮了，最后又灭了
在那样一个无风无月的夜晚
有谁会知道，一个花季少年
内心的疼痛与懊悔

火焰还在壁炉中燃烧
有谁会愿意熄灭心头的火炬
听从自己的脚步声
投身于无边黑夜的孤独与寂静

天空飘渺而又深邃
群星都有自己坚守的位置
面对河流，他反复呼唤着的
只有一个爱的名字
一个永不磨灭的记忆

然而，当爱情轰然来临
他却不得不收藏起内心的颤栗与刺痛
不得不降服住身体中的惊涛骇浪
夜幕下的柔情如许

到了最后的最后，也还是有
不得不消除的创痕和印迹

在那样一个无风无月的夜里
他一遍遍解读灯盏里的故事
人性的光泽，如一团迷雾
在小镇的巷弄里，忽明忽灭

事 件

走廊光线昏暗
两根白头发，那么扎眼
像一片暗影
走出的两个人

这一突然发现
是一起不小的事件
在纷争的思绪里
我犹豫着，迟迟没有下手

身外脚步声急
路边花瓣散漫地落
爱人催促
我心里一惊一惊

春天，两个不入流者
同时闯入尘世
这是一起不小的事件
不亚于一次地震

爬到山顶，她还在唠叨
回望一眼朝气蓬勃的人间
我只是垂首不语
就像白茫茫的两个人

无声的世界

从人海中抽身
没有一滴水尾随而来
我带着自己的影子
穿过一条又一条街区

太阳走下天空
如同世界走向末日
一座城市的岛屿
在风中摇摆、漂移

夜色围剿记忆，仿佛海水
收复失地，我使劲扔出石子
打捞一片回声和涟漪

看啊，玫瑰在水晶中诞生
夜的发丝透亮，呼吸急促
依稀大海起伏的潮汐

窗户已经打开
在有你的后花园
一尾鱼追逐着另一尾鱼
穿过珊瑚之门

眼　疾

他擦拭镜子
一遍一遍
玻璃体有些混浊
他怎么擦
总也擦不净郁积在
心中的尘垢

黑夜沉积太多
他看不清光明的事物
阳光有些清冷
一大早他便站立在窗前
望着窗外的世界出神

纷纷扰扰的人
有时模糊有时清晰
往事穿行其中
日子就这样慢慢爬上窗棂
越过高过额头的山顶

行走在山水中的人

他已看不到
他只能用手触摸
横陈在心中的道道沟壑

山水在身外
动荡在心中
眼角滚动的一滴浊泪
映照出一轮夕阳　和夕阳下
他孤独坎坷的一生

情 殇

那一天
你在楼下
我在楼上
我们之间仅隔一扇
玻璃窗

街道上车水马龙
人来人往
你站在那里
与人比画着什么
你我之间
那么近
却又那么远

一张窗户纸
一捅就破
我就像个怀春的少女
眼巴巴地望着你
泪水包容的世界
寂寥无声

一扇窗户
两个世界
你在冬日的暖阳下
绽放笑脸
我在灰色的暗室里
无语惆怅

岸

我固守
是因为我拥有一腔柔情
在孤独一隅
我站立成男人的骨骼

多少次抛出手中的锚
疼痛是内部的链条
总在夜深人静的时候
声声呼唤

在天涯尽头
曾经有一只船
从我的咽喉部位滑脱
我送走了太阳
迎来了月亮
却总也喊不出
那一年的那一天

那一年的那一天
在那一个渡口
隔着一尺远的距离
我把你送入隔世的黄昏

命 运

是我的，终其一生
我终必独自承受

脚印重叠，岁月更替
我需翻越万水千山

疼痛极轻极浅
你在烟尘中
隐藏得那么深、那么久

风霜来袭
我依然在路上

遥想你从天边飘来
却又隐入山脊

只留下，只留下呵
白云小径，庄严肃穆

一朵云飘过天空

瞧这孩子，长这么大了
行者开始警觉
并且对眼前的老者，进行确认

三十年，五十年，或者更久远的一段时光
一辆马车停下来，打着响鼻
与身边呼啸而过的列车，形成鲜明对比

慢和快，仅仅是一瞬间的事情
仅仅是一瞬间，快和慢
实现了自己的相互转换

是的，快和慢没有区别
三年和五年没有区别
三十年和五十年没有区别

在这片辽阔的草地上
一群孩子快速奔跑过来
但，很快，就移出我的视线

此时此刻，一朵云
静静地飘过天空
大地的内心开始出现裂纹

风雨人生

让我站立成一棵守巢的树吧
晨披一缕烟，晚带一片霞
好让自己，每天都能够见证她们
在人间，这小小的幸福

人的断想

最初的哭声
从源头站立起来
阳光与风雨一路
尾随而来

站立，折射八面来风
以你作参照
万物熙来攘往
聚散离合

行走，带动风
牵转雨，抱紧信念
愚公移山
也是一种可能

像一面旗帜飘动
与时代的歌声融合
躺下，也将成为一首
不朽的歌

可是呵，朋友
当你真的躺下
一切憧憬与美好
都将跌入尘埃
就好比晴空传来的
那一声钟

陕北的三月

河水缓慢流淌
几座山，一座连着一座

一大早，有人
在河边挑水
弯弯曲曲的路，承载
几代人的命运

隐隐地，信天游从远山传来
有一声，没一声

村　晓

公鸡亮一嗓子

炊烟就升起来了

鱼还没有吐出红珍珠

海，便显山露水了

黄牛踩着季节的足音

犁铧嵌入岁月的活土层

早起的鸟儿

不惦记虫子的味道

散落在地里的粮食

是它们

永远讨论不完的话题

喜 鹊

家在高处，路在脚下
四周是散淡的田野

春天的音乐驶来
太阳花爬上岁月的墙篱

允许它抒情，允许它
在村子里飘来荡去

它在隐秘的事物中发出颤音
总是被心存温暖的人第一个听见

谁家的妹子今天要出嫁
它一遍又一遍展开自己的花裙子

临界点

二月
站在冰雪消融的大地上
阳光使劲地照着一排排窑洞
和窑洞中走出的男女老幼
道路连着山脉
连着蜿蜒而来的，走出
大山的冲动
冰凌碰撞着冰凌
河水汹涌着时代的潮音
零度以下，零度以上
二月，一场战争
山顶上的一棵大树
平息着八面来风

喜日子

喜鹊的花裙子一展
春之门豁然打开
唢呐声推动迎亲队伍
望川而来
几个胖大小子
在村口摆放大红礼炮

绿岫晴川，飞鸟儿云空
偶有几只白鹭凌空而下
幽幽一碧
溅起生活层层涟漪

待等礼花点燃一轮明月
人间的爱之舟
在灯火微明的秋波中
荡　啊　荡

傻人王玉宝

在一群人之间敞开衣襟
傻人王玉宝的笑声顺水飘来

初夏的风若有若无
黄土村落的鸣蝉三声五声

一队太阳花圈起的绿篱笆
里边驻扎着童年的梦和星星

在青黄不接的年代
在名不见经传的村落

赤色的旗子插遍山野
苦菜篮子浸泡于岁月的溪流之中

而如今，那些向傻人吐口水
扔石子的孩子在哪里呢

太阳花围坐的篱笆边
除了风，只有蚂蚁

旷野的舞者

我不会跳舞，但是
他伸出手，那姿势好像
对大山提出邀请
酡红的脸
闪烁太阳的光芒

我被他有力的手臂
端着，牵引着
像一个陀螺
被幸福的鞭子抽打着
在苍茫的天地间
不停地旋转

几个喝酒的男女
她们的笑声
裸露在河滩上
马儿还在河边吃草
而羊群
早已，飘到了天上

尘缘 CHEN YUAN

流落街头的喜鹊

三只，五只
更准确地说，它们是一群
散落在树上

其中的一只
突然发声
使静默如水的夜色
轻轻蠕动了一下
另一只发出呓语般呢喃
仿佛睡梦中的妇人
伸了伸慵懒的身子

这些鸟儿，这些
背井离乡的鸟儿
在城市的道旁树上
做着田园式的梦

它们的梦在飞
籽粒当啷一声
仿佛子弹壳落地

- 254 -

打破夜的宁静

水声活泛起来
云朵一升，花开有形
在春天
值得讨论的喜事很多

多么诗意啊
炊烟袅袅，鸡犬相闻
有村落的地方
就会有人间的温馨

梦境幽远、广阔
不似这夜半的街道
死寂、幽深

当世界陷入混沌
不知是谁的一声吼
空气瞬间被放大
喜鹊惊惧地飞向天空

却意外地撞到了城市的墙壁

在这个深冬的夜晚
我揣测不到喜鹊的遭遇
但作为一个农民工
我知道啊，我和它们一样
都是无家可归者

魂兮归来

五月，阴云密布
沉闷的心事把天空压得很低
许多词语试图寻找突围
像是慌乱的翅膀
惊叫着四散起飞

逃不出魔爪
比黑更黑的利剑
破空而来
望一眼来时的路
乌鸦弟子的眼睛，布满
城池上空

走不出的凄风苦雨
看不透的风雨沧桑
青艾细数着你的步履
一直把火把
延伸到梦断的地方

汨罗江，浩浩荡荡
她湮没你多少脚印
就有多少悲愤诗句沿江生长
就有多少烽火狼烟
顺水消亡

五月端阳节
在一道闪电之后
雨水弹响大地的琵琶
有人额头光亮，一袭青衣
站在你离去的地方
大有当年，你吟诵
离骚之遗风

垫 石

一个人跳过去了
又一个人跳过去了
在河中，你是垫石
是跳板，是难以捕捉的机遇

在没有桥的地方
你是人们眼中唯一的亮色

水流淙淙，水深幽幽
垫石在水中时隐时现

我看到许多人，到达了彼岸
并且以胜利者的姿态
向后来者招手

而我，是个走在河边怕湿鞋的人
因而，最终成为此岸孤独的守望者

砖瓦窑

水泉子的砖瓦窑破败了
旧得像褪色的太阳
门楣上长满蒿草
随风摇曳往日时光

弯弯曲曲的路盛满积雪
几代人曾走在上面
汗流浃背的雨滴
堆积成一排排新窑洞

住在窑洞里的人
沿着这条路走出大山
走向城镇，都市
唯窑洞不长腿，不能跟随
主人一起离开

如今，建设砖瓦窑的人
有的离开了尘世
有的抱着地方方言
成了空巢老人

梦中的两只喜鹊

一只喜鹊紧随另一只喜鹊飞来
刹那间，我的梦丰盈起来

一忽儿飞上我头顶
一忽儿落向我手臂
轻巧的身影像两个精灵

她们像幸福的小两口
在我眼前飘来荡去，叽叽喳喳
在村子里，仿佛永远有一些
絮叨不完的话题

让我站立成一棵守巢的树吧
晨披一缕烟，晚带一片霞

好让自己，每天都能够见证她们
在人间，这小小的幸福

年　关

繁华逝去
脚步葱茏
加足马力的轮子
打开死亡之门

前往故事中的人
怀抱花朵
春节像一面旗帜
为身在异乡的人紧发条

阐释岁月的含义
道路不明真相
一道彩虹集结力量
鱼的浩大游行

汹涌的浪潮
延续旧时代的风暴
我在义勇军进行曲中
汇入行进的人流

小茶馆

说起茶馆，便会想起老舍
那些清末民初的风雨
在中式茶杯里倾注，沉浮
人们在茶水中进出
打坐，修行，斗争，和解
喝茶人离开
把茶水搁置在桌子上
如果主人不泼掉
必然被时光所蒸发
而我今日，不穿长袍
不做生意，不妄议王朝兴衰
我只是想坐下来
和你谈一谈
即将发霉了的心境

阴 影

太阳收走人间的光芒
夜色开始下沉
人心，如影子般凌乱

一根架起的天线
高高低低闪烁着光泽
手机的两端
就要被心跳刷屏

夜色越来越深
留在心头的光越来越少
星高风冷，道路
开始在脚下喘息、呻吟

天明时分，我看到一个身影
穿过长长的街道
然而，我却不能确定
是谁，提走了
你身体里的那盏灯

无　题

咣当一声
暴风雨破门而入
这是子夜的雷声
男人的雄风
幽灵般消失在暮色之中

灯光灰暗
沉默躲在阴影里
世界一片混沌
雨声，时断时续

黎明时分
我去敲门
如同敲击一块厚重的石头
女人的悲伤
透过石头的缝隙
泣不成声

听雨的声音

正午时分突然就下起了雨
噼里啪啦的声响追赶着道路和行人
远山如黛，轻笼薄纱
掩面而泣的女子挥手向天涯

你居然走得那么急，那么急的脚步
细细密密，从江南到塞北
从滨海城市到布达拉
天庭耸动着臂膀，抖动内心汹涌的哀伤

故事集结于一场飓风
一场摧枯拉朽的谎言遮蔽天空
它带走了什么，掩盖了什么
我在三千年的古街道上
脚步踟蹰，行动迟缓，逆着风

一道闪电，又一道闪电
天空撕裂了一道又一道口子
像极了一条条鞭子抽打在大地的心脏上
我歇斯底里地呼唤着一个人的名字

雷声，呼应着踉跄奔走的身影

犹记那一年的那一天
你的目光轻触，仿佛一篇按语
灼灼的笑语挑逗的春天血脉偾张
山坡每一朵花都是对你真切的回应
每一朵花在你面前都显得笨拙而失神

红尘纷纷扰扰，世界浩浩荡荡
是一阵风让我们在尘埃里相遇
是一场雨又使我们在烟雨中挥手别离
我抑制住三千年汹涌的悲喜
你的莅临，依然是那样的明澈照人

乌云越聚越多，越积越厚
雨声敲打着黑夜的窗棂
由近及远，由远及近
多像你当年细碎的脚步
在春天到来的那一刻
我为你的离去，泣不成声

雨，紧一阵缓一阵
抖动千年不变的忧伤
依稀失散多年的女子，隔着
千重山，万重水，从天堂上下来
一直从黑夜，清点到黎明

覆水难收

别太伤感
说这话的时候
你已经走出去很远

哗啦一声
身后的玻璃碎了
有人在慌乱中
想让那些光明的事物
重新聚拢，还原

一生敞亮的鱼缸
就这样碎了

你无声无息地瘫坐在地上
眼睛里充满鱼的悲伤

花　逝

停留在花前的
除了风，还有逝去的时光

那妇人，那女子
那在山水中走来的那姑娘
如人间最美的一朵花
在岁月的河床上
摇曳了五十八度春秋

有多少往事需要在春风中重提
有多少故事等待在秋雨中续写

而如今，你躺在哀乐声中
隔着屏风
我努力地，不让自己的眼泪掉下来

一灯之光

黄昏安静下来，湖水安静下来
此时的大地，寂静、肃穆
像老者的眼神，陷入一片混沌

鱼儿睡了，晚风卷走了落叶
鸟鸣随浮尘一起做梦
那些摩肩接踵的身影不再摇晃
月亮漂浮在水中，除了星光
浮桥上，不会有身影出现
只有经年的脚印醒着
并且发出喊喊喳喳的声音

有那么一刻，有人突然走上桥来
体态婀娜，身姿靓丽
像三月的风，轻盈、温馨

于是，就有白天鹅浮出水面
就有五色鱼在烟波中回环
春雨一阵紧似一阵洒在湖面
依稀春天的呓语，在耳鬓厮磨呢喃

更多的时候，道路坚硬，石头冰冷
瑟瑟的秋虫在寒风中悲鸣
黑暗中，有人一遍遍走上桥来
一遍遍点亮黑夜之光，像一段独幕剧
反复走进老者的虚幻之中

据说，灯光是温暖的象征
然而，第二天一大早，有人发现
一个拾荒老人死在湖边
手里的照片被风吹出去很远
仿佛一个画面在天边出现

夜幕下，一个年轻的女人
站在廊桥上，手提灯笼，目光明亮
并且向远处急切地张望

街 树

夜色沉淀下来，一层一层的黑向灯光聚拢
灯下的蛾子织成厚厚的壳
躲在落叶下面做它的春秋梦
我是说，那些夏天的蛾子，去了别处
两排东摇西晃的树，守护一个疲惫的魂

尘埃飘起来，和人类的噪音一起上升
成为月光驱不散的阴影
冬天的月亮是孤独的，它始终不带着我们
只带着自己的圆缺与冷漠

一树一树的街灯闪烁，依稀天上的繁星
月亮混迹其中，像一颗流星
于灯光之外归隐
在除夕的夜晚，不再向人类吐露光明

四十年前，我还是个孩子
手里挥舞着焰火，将心中的温暖尽情挥洒
那些五彩缤纷的梦境，最终积淀下来
成为多年来心头抹不掉的疤痕

尘缘 CHEN YUAN

那个时候父母依然年轻
眼睛里注满对未来的期待和憧憬

把梦境寄托给树梢，是最不靠谱的事情
许多的时候，阳光被乌云掠走
我们往往不明真相
在等待中，常常听到人类，自己的哭声

我见过许多人，熙熙攘攘的，在街道上行走
风云一样际会，烟花一样消散，拐个弯
就不见了，街树两侧飘动的纸钱，雪花一样弥散

我曾奉劝那些年轻人，不要在树下恋爱
鸟儿会在树上做巢，歌唱人类生活
一旦彩色羽毛升腾起来，就会变作天上的鱼群

可是，这些都是幻景，街树它保护不了我们
更多的时候，人类的命运
就像落叶一样飞舞，随风飘零

冬天的风，具有蛇的属性
一旦进入人的身体，就会感觉到阴冷
就会感觉到疼

说实话，再过个把时辰
天就要亮了，阴影中
恍惚有古人出没，并且发出
不为人知的声音

我一边咳着，一边前行
心怀足够的理由，向烟火靠近

回 归

心头亮起的灯盏
有着远古的温度
我借着一片星光
潜回故乡的山河

此时的大地，安静、肃穆
黑夜淹没了有形的事物
而河流创造的光线
依然在血管中喧闹、奔腾

在河床上奔跑，嬉闹
这是三十年前的事情
三十年的记忆
如光阴，与一个部落攀上了近亲

白天的日光被树木所吸附
脚步向东，或者向西
由不得自己
仿佛受风的唆使，和牵引

我相信命运，相信轮回
每个人头顶都有一盏明灯
所以，才会有今夜浩瀚的星群

把人间重新走一遍

五个伙伴从童年出发
影子被夕阳拉长
走过的路弯弯曲曲
像松开的绳索
被命运之手一截截收起

途中有人掉队，在时光的
马背上走失
御风的手扯起旗帜
像两路诸侯
在岁月的山头，安营扎寨

剩下的河山，就由三人收复
眼下桃林弥香，春风依旧
正好可以歃血为盟
把这用旧的人间，重走一遍

亲人之书

母亲在风中站得太久
她常常看到天空中有她
鱼儿的鱼儿成群结队地飞翔
看得久了额头就有了沟壑
眼角就有了鱼的形状

品味幸福

小时候
幸福是一朵小红花
是母亲的乳汁
给了我营养

长大后
幸福是一座山峰
是爱人的眼睛
给了我攀登的力量

而现在
幸福是一段尘封的往事
总在无人的夜晚
打开
思念的画夹

中秋节的夜晚

月光是一层薄纱
揭开时间的云雾
我便和家人一起回到从前

信天游唱红的黄土地
赶牲灵的人儿
踩着几代人的足迹
把一车车旧月亮运回家乡

黄土山凹有一户人家
白云飘过，阳光洗过
亲情似小溪
长年累月从门前经过

红灯笼映照着木格窗
兰花花站在碱畔上
一条弯弯曲曲的黄土路
伸向远方

八月十五月圆的夜晚
木格窗闪耀着灯光

父亲和母亲亲手缔造的家
四方院子里，满满的
笑语欢声在荡漾

九个孩子，九朵摇曳的花
像九束明亮的月光
在收工的时候，欢呼着
雀跃着，一起向母亲聚拢

那时候父亲坐在一边
默不作声地抽烟
高大的身影
黑黢黢地，犹如一座山

一家人坐在院子里
月亮高高挂在空中
远远地望着我们
不靠近，不离开
像妈妈母性的目光
罩着我们一家人的幸福

在偌大的石桌上
母亲分给每人一碗小米粥
月亮卧在碗波中
仿佛九个月饼，暖融融的
荡漾着甜蜜的笑容

如今，九朵摇曳的花
业已长成参天大树
在中秋节夜晚
每棵树上悬挂着的
依然是当年
黄土院中的那枚旧月亮

对立与统一

我曾试图说服自己，说服自己
忘记一个人，忘记一个
隐藏在内心深处多年的秘密

他像影子一样跟着我
一声不响地跟着我
固执的眼神，令人难以抗拒

我受够了，决计与他
做一场较量，在较量中
求得自由和解放

可是啊，当他真的离开
我又是那么地忧伤
在忧伤中，失去了生活的方向

回　家

身体是钉子
被钟摆关押在床上
左右不能动
比身体更为沉重的是命运

命运，父亲不相信命运
粗手大脚的父亲
喜欢把复杂的事情
化整为零

侍奉着五亩三分地
翻了一辈子大山的父亲
如今却搬不动
身体里的光粒

向左转，向右转
左边是太阳，右边是月亮

父亲拿把旧钥匙
敲打黄昏灰暗的门

夜晚我路过一座城

一座城，一座记忆中的城
一座从来没去过的城
在我到来之前
已经被夜色淹没

恍惚一片即将飘落的秋叶
在明灭不定的街道上
我看不见城市的轮廓
只看到夜灯在高处悬浮、闪烁
仿佛天上的星星

我在路边商店
买了一瓶二锅头
摇摇晃晃地走在街道上
就像我已故的父亲

不同的是
父亲当年拎着酒
手里牵着一匹枣红马
长时间和这座城市融为一体

尘缘 CHEN YUAN

他曾告诉我
这是一座山城

我的坐骑是一辆
银色小轿车
它一溜烟带走了我
就像带走一个逃兵

而在那座城市
我把我的影子永久地
留在了那里
留在了父亲曾经走过的
那一条街道

那时候
整座城市戴着面纱
我伸手向空中抓了几抓
可是，除了失落
我什么也没有抓到

鱼尾纹

想起母亲，就有一尾鱼游来
色泽光鲜，从河流的上游
水，彰显母亲年轻时候的样子

那个时候，一切都是透明的
风没有遮拦，我们光滑得
就像一尾尾青鱼
在母亲深褐色的池塘里游荡

母亲倾注了太多的目光在
我们身上，幸福如同阳光照临
我们鲜活的鳞片
闪耀生命的七彩光环

终于有一天，我们
带走了母亲所有的积蓄
带走了空气、阳光和水
只留下空荡荡的河床
母亲用以守望

尘缘 CHEN YUAN

在南方以南
在靠近大海的方向
我与一尾鱼对望
带着母亲储备的水分和阳光
开辟了第二故乡

母亲在风中站得太久
她常常看到天空中有她
鱼儿的鱼儿成群结队地飞翔
看得久了额头就有了沟壑
眼角就有了鱼的形状

父亲的肩膀

父亲与我走在大山之中
走在大山之中
父亲像一座山

用威严嫁接希望
用爱心托举梦想
父亲的肩膀
沾满春天的幸福时光

风中生长
雨中生长
劳动者的歌声
缠绕在山川之上

坐在父亲的肩膀上
童年像一束阳光
不偏不倚
正好落在春天的河床上

扁　担

挑水，挑柴，挑粮食
一担风雨，挑走我的童年
扁担从左肩倒到右肩
被父亲的肩膀磨得扁平溜光

扁担是父亲的命根子
紧紧攥在手里不肯放下
每次挑重物，父亲
总要对着手心吐口唾沫
以示不达目的不罢休的决心

父亲一生磨损了许多扁担
而父亲的肩膀仍然蓬勃向上
临了他带走最后一根扁担
他不愿让它落在我们肩上

父亲挑着两座山在梦里飞翔
我们像一群小鸟儿
在人间叽叽喳喳歌唱

西山沟的泉水

母亲攥紧生活的绳索
春天的丰腴与美好
被树上的翠鸟一语道破

往返于羊肠小道
大山的乳汁汩汩流淌
黄土地上的岁月
梦一样绵软悠长

迎来晨曦，送走夕阳
几十年过去
母亲挑水的身影
一直行进在
通往西山沟的路上

地畔上的杜梨

多么荒芜，你一脸枯槁
站在地塄上
像一位老者，披一身风霜

从四季走过来的人
眼睛里含着泥沙
耕牛还在田垄上行走
乘着人世的云朵

晚秋的风，跨过沟壑
停留在树梢，天气真凉啊
灰褐色的田垄上
玉米们等待归仓

收工的时候，父亲从地畔上
带走一把杜梨
纵横在额头上的皱纹，比沟壑还深

麦子黄了

汗水浇灌的日子
逐渐丰满起来
面对一大片麦子
二哥将镰刀的锋芒
试了又试

那一年
炫黄哥叫了又叫
麦子们蜂拥而至
收割的热浪
一直蔓延到天际

在一大块麦田中间
二哥在前面开路
而我，成了那个时代的
跟屁虫

钩槐花

风坐进五月的怀中
摇它的叶子
吹口哨的少年走近，又离开

初夏的阳光，更像动词
哗啦啦地，透过五月的缝隙
散了一地

陌上花开，岁月流金
钩槐花的哥哥
镰刀一歪，撒下一大把纯真

白哗哗的光阴，被妹妹装进花篮
欢快的童年，越过青涩的田野

腊月十八记事

阳光的暖指，轻轻地
在青砖碧瓦的窑洞上抹了一遍
日子，就这样
清亮亮地活了过来

正午时分，空气洁净
大地安详，一切都在路上
一切又都在回归的旅途中

院子里的大槐树上
两只喜鹊跳上跳下，唧唧喳喳
好像预示着什么
又好像一如往日一样平常

这一天，母亲忍住疼
而我，忍住了啼哭

叫 魂

灵魂走得太远
夜，开始彻夜不眠
星星点灯，星星
也照不亮
夜行人疲惫的魂
山路那个静啊
偶尔传来夜莺的低鸣
小时候走失的魂，一再
被母亲召回
而现在，我躺在老家的土炕上
颠倒黑白，二目圆睁
母亲追出去的声音
微弱得像一阵风
吹起身边落叶
幻作枝头微微的叹息

兄 长

多少次了，你的声音
从遥远的异地传来
恍若钟声敲响
余音绕梁，弥久不衰
这生活的重音
有金属质地
似天街小雨，弹奏
一湖春光

如今，你我被神的旨意领着
追随的身影如两只蝴蝶
那微风推动的语言
生动且明亮
在多出来的光环中
我们一起爬山、一起敲钟
一起攀上千米龙驭高塔

此时，五月的阳光刚刚好
它把初夏的唇彩
涂抹在你的脸上、身上
我们不说话，就感到美好

山路弯弯

山路弯弯
路的这头是我的家
路的那头有我的娘
我的娘年龄很大了呀
走不了这弯弯的路
也没有办法来到我的家

走了几十年的山路
总觉得回家的路太漫长
从离开娘的那一天起
脚印由浅走到深
由小走到大
一直走到城市的中央

城市太过拥挤了一些
宽阔的马路上走来走去的车辆
占去了全部的路面
那里没有人搁脚的地方

只有这山路啊
是那样地真切

每一次踏上你的手掌
我都能听到你心脏跳动得欢畅
你软绵绵地躺在那儿
散发着少女般的芬芳

你在我的身下扭来扭去
喘息声伴随小河欢快地流淌
就像三十年前上小学时
我娘迎来送往的情景一样
不同的是你的脉搏跳动得没有了力量

山路老了啊
你的肩膀上承受了太多的重量
岁月的雷电多少次甩在你的身上
几十年的风霜剥蚀
才使你变成了今天的模样
就像路那头我娘等待的姿势一样

山路弯弯
路的这头是我的家

路的那头有我的娘
回家的路太长了呀
白天走，晚上走
总也走不到娘的家

父亲在人间的最后日子

灵堂设在仓窑里
作为一种仪式
你要接受人间的供奉
这是最后的时日
我们轮番瞻仰
共同祈祷剩余光阴
我们在烛光的影子里团聚、追忆，相互安慰
饭菜端上来、水果换下去
太阳和月亮替我们轮换站岗
在人间的最后日子里
死亡之花包围着你
我们一家人相聚一堂，不说分离

睡在同一个炕上

你起身，我躺下
在你曾经睡过的炕头
父亲，我要重温你的梦

身体一层一层沉下去
影子一个一个坐起身
我要赶在黎明之前
安排好一天的行程

除去门前的杂草
把路夺回来，春风催了又催
是该把春天请进门

地畔摇着荒草，那里的腐殖质
是上好的肥料，庄稼喜欢
我得尽早把它们变废为宝

惊蛰一过，土地就酥松
前坪那块地该种了
先耕后种，今年雨水好

到秋后，一定又是个好收成

菜园子不能总闲着
土豆种三分，萝卜种二分
辣子、茄子，还有西红柿
都得栽一些，自己吃过以后
还可以接济一下众乡亲

村子里的桃花开了，柳树绿了
我须赶在上山之前把水缸蓄满
望着满炕的孩子
我不能让他们，断了炊烟

好了，我要走了
趁此时鸡不叫狗不咬
正好下地，在我出村之前
最好不要打扰村民睡觉

相 守

就这样坐在你身边
太阳与月亮轮番站岗
天上的雨水没有掉下来
盘桓在眼睛里的风云始终没有撤退

这么多天了，星星一颗一颗被风吹远
梦中的花开了几朵，青草又长高了几寸
玄黄哥叫了又叫，窗台上
你亲手栽植的花草，发出呓语般祈祷

这么多天了，你不曾张嘴吃一口饭
你不曾开口说一句话，空气沉闷而失神
面对亲人般的无限爱怜，你冷漠的眼睛一睁不睁

你在病床上安身立命，白床单折射你
虚脱的面容，我久久触摸你苍白的手臂
仿佛握住的不是今日的黄昏，而是我贫血多年的
爱情

相　遇

天空飘着雨
我与你
不期而遇

握手，寒暄
亲情打湿了话语

填补不完的阴晴圆缺
话不尽的远近疏密

一阵风带来你的笑声
大雾，又迷失了你的踪迹

夜 灯

高出尘埃的灯盏
站在城楼上
怎么看，都像是一个人
身影孤单而凄清

它仅仅是一盏灯而已
这个简单的事实
让我感到迷惑又神奇

我仅仅是在路过城楼时
向上多看了一眼
然而，就是这一眼
让我怎么走
也走不出它的光晕

命运的悲与喜

如果可以
就这样让我走吧
两手空空
一袭黑衣
徒步走天涯

望一眼来时的路
雨一直在下
不用挥手
不用挽留
亦不用搭理
身边带泪的花

我知道天下之大
我的脚步微不足道
只要命运将你
藏于一朵花内
此刻，我便无法知晓
你在谁家门前垂泪

不向人中来
只往山谷行
在一朵云里
也许，我能够打探到你
远去的背影

佛　号

佛号声声
我在岁月的眉睫下
打坐修行

洗一身尘埃
荡一世清愁
在混沌的世界里
放一朵莲花
在心

坐卧于莲台
吸一缕阳光
真气从身体里
盈盈而行

开天目
不是为了做神仙
只为能够看到
伊人在岁月的长河中
蜿蜒

出神功
不是为了超度亡灵
而是为了
保佑至亲的人
幸福平安